# 빈집의 아이

| 작가의 말 |

## 새마을운동과 유신헌법의 시대에 홀로서기를 감행한 어린 가장의 기록

 1970년 4월 22일, 박정희 대통령은 '새마을 가꾸기 운동'을 제창했고, 1972년 1월 14일에는 '새마을운동'으로 이름을 바꾸며 본격적인 새마을운동이 시작되었다. 급속한 산업화로 일자리가 늘면서 1960년대 초부터 시작된 이농 현상으로 농촌 인력은 빠르게 도시로 빠져나가기 시작했다. 아이들도 부모를 따라 도시로 빠져나가면서 농촌의 교실은 점점 넓어졌지만 도시의 교실은 점점 좁아졌다.

 많은 사람이 부푼 꿈을 안고 도시로 도시로 향했지만 그들이 생각했던 것처럼 도시의 삶은 화려하지도 윤택하지도 않았다. 성공한 사람도 있었지만 농촌에 살 때보다 더 비참한 생활을 해야 했던 사람도 있었다.

이 작품의 주인공 호기의 부모님도 이농이 심하게 진행되던 시기에 더 잘살아 보겠다는 꿈을 안고 서울로 떠난 사람들이다. 그러나 도시의 삶에 적응하지 못하고 목숨을 잃으면서 어린 호기는 세상에 혼자 남게 된다.

아버지 친구는 호기를 식구로 맞으려 했지만 그 역시 도시 삶에 실패해 어렵게 사는 사람이었다. 아버지 친구의 짐이 되지 않겠다는 생각만으로 무작정 그 집을 빠져나와 서울역 광장에서 돈지갑을 주웠다. '서울역'과 '돈'. 호기는 자기도 모르게 떠나온 고향 경상북도 산골 마을을 떠올리며 고향 가는 기차를 탔다.

고향에서 호기를 따뜻이 맞아 준 이는 예전 담임 선생님과 엄마의 친구인 창숙 이모 부부였다. 그리고 부모님과 살았던 옛 빈집이 호기를 맞이해 준다. 빈집에서 새롭게 시작된 호기의 홀로서기. 혼자 살아가도록 용기를 준 것은 고향 마을 주민들의 따뜻한 보살핌이었다.

호기는 서울에서 왔다는 은숙과 가깝게 되고 은숙이 외삼촌은 호기 아버지와 가까운 사이였다며 많은 도움을 준다. 은숙이 외삼촌은 서울에서 대학을 졸업하고 농촌 운동에 뛰어든 청년으로 호기에게 농업의 미래에 대한 비전을 심어 주는 정신적 지주가 되어 준다.

구치소에 갇힌 어머니와 도피 생활을 하는 아버지 때문에 외가에 맡겨진 은숙과 고향 마을에서 용기 있게 새 삶을 시작한 호기는 자신들이 안고 있는 상실감을 이겨 내며 서로 의지하고 돕는 사이가 된다.

이 작품에는 어린 호기가 있고 또 한 사람 호기 같은 어른이 등장한다. 호기가 주운 지갑의 주인, 김진홍 아저씨다. 어려운 환경에도 시를 쓰며 자신과 싸워 나가는 김진홍 아저씨는 호기와 편지를 주고받으며 호기의 사정을 알게 되고 든든한 후원자가 되어 준다. 물질적으로 많은 도움을 주지 못하지만 호기는 그에게서 많은 힘을 얻는다.

과거 우리의 1970년대는 이처럼 어렵게 사는 사람들이 많았던 힘든 시기였다. 하지만 인정 넘치는 이웃이 있었기에 다 함께 어려움을 극복할 수 있었다. 호기가 견딜 수 있었던 것도 선생님과 마을 사람들, 김진홍 아저씨의 따뜻한 배려 때문이었다.

호기는 앞날에 대한 불안과 삶에 대한 걱정으로 어른 같은 아이가 되었지만 자신을 진심으로 돌봐 주고 말없이 가르쳐 주는 어른들 덕분에 속 깊은 아이로 성장해 나간다. 호기는 혼자서는 살아갈 수 없다는 것을 깨닫고 산골 농촌에 어울리는 사람이 되기 위해 농부가 될 꿈을 가꾸어 나간다.

겉으로 보기에는 한없이 평화로워 보이는 산골 마을이지만, 정치적 어두운 그림자는 깊은 산골 마을이라고 해서 피해 가지 않았다.

지식인들과 대학생들이 유신헌법에 맞서는 활동으로 나라가 살얼음판이던 때 유신헌법을 어긴 사람들 이야기를 귀동냥으로 들은 호기는 유신헌법이 무엇인지를 어렴풋이 알게 되고, 비상조치로 쫓기는 대학생과 하룻밤을 지내며 대통령과 한국 정치에 대해 의구심을 품게 된다. 다른 아이들처럼 부모의 보호를 받으며 편하게만 살았다면 모르고 지나갔을 한국 정치의 어두운 현실을 이농한 사람들과 서민의 입장에서 생각하게 된다.

부모를 잃었지만 세상을 보는 눈이 넓어졌고 고난을 극복할 수 있는 지혜와 용기를 얻으며 더 단단해지고 성숙해진다.

  이농이 계속되어 아이들이 줄자 농촌의 많은 초등학교가 문을 닫았다. 인구 감소까지 빠르게 진행되면서 농촌에 자리 잡았던 초등학교는 대부분 사라졌다. 호기가 다니던 학교도 벌써 문을 닫았다.

  오늘의 대한민국은 경제 대국, 문화 강국으로 성장했지만 그 길에는 호기처럼 어려움을 이겨 낸 수많은 사람의 땀과 눈물이 있었다. 부모를 잃고도 마을 사람들의 따뜻한 손길 속에서 다시 일어선 호기의 이야기는 우리가 함께 살아야 한다는 사실을 일깨워 준다. 화려한 도시의 불빛이 아닌 이웃을 아끼고 서로를 보듬는 마음이야말로 우리의 삶을 지탱하는 진짜 힘이다. 이 글을 읽는 여러분이 호기의 용기를 기억하며 앞으로 어떤 자리에서든 서로를 지켜 주는 따뜻한 사람이 되기를 바라본다.

2025년 9월 송제친

- 차 례 -

작가의 말

서울역 ------------------------- 13

안개 ------------------------ 26

은숙의 비밀 -------------------- 39

새 친구 ----------------------- 61

이른 아침의 충격 ---------------- 70

비 오는 일요일 ------------------ 100

무지개 ----------------------- 110

여름 방학 --------------------- 135

새로운 출발 ------------------- 154

추천의 말

# |서울역|

호기 아버지의 시신은 화장을 마치고 바로 추모관에 모셔졌다. 2년 전 연탄가스 중독으로 세상을 떠난 어머니를 모신 추모관이었다. 아버지는 완성되지 않은 높은 건물 위에서 추락했고 119구급차가 병원에 도착하기 전에 숨을 놓았다.

소식을 듣고 달려온 고향 사람들, 잘살아 보겠다고 농사일을 걷어치우고 서울로 달려왔던 아버지 친구들이 아버지의 장례를 치르며 나누던 말을 호기는 남의 이야기 듣듯 건성으로 들었지만 '호기네는 친척도 없는데 어쩌겠노? 보육원에 보내야 안 되겠나?' 하던 소리는 외워야 할 노래 가사처럼 호기 맘에 콕 박혔다. 아버지의 가장 친한 친구, 선희 아버지가 그럴 수 없다고 고집을 부렸지만 호기는 알고 있었다. 선희 아버지도 논이며 밭이며 다 정리하고 서울로 왔지만 사기를 당해 다 날리고 산동네 오두막 같은 집에서 다섯 식구가 살고 있었다.

그날 호기는 선희 아버지 뒤를 따라가 선희네 집에서 눈을 붙였지만 잠은 쉽게 오지 않았다. 멀리서 자동차 소리가 달려왔다가 사라지곤 했다. 그러다가 호기는 까무룩 잠이 들었고 다시 깼다. 아직도 깊은 밤이었다. 다시 잠을 청하는데 옆방에서 소곤거리는 소리가 들려왔다. 선희 어머니와 아버지 소리는 벽 때문에 잘 들리지 않았다. 호기는 귀에 힘을 주었다. 그러자 조금씩 소리가 잡혀 왔다. 선희 어머니 소리였다.

"정말 호기를 우리 집에서 키울 거예요?"

호기는 숨을 멈추었다.

"그래야 되지 않겠소?"

"선희 아버지, 당신도 참 어지간히 고집 부리세요. 있는 아이들이나 잘 키우세요. 아이들이 셋이에요."

"셋이먼 어떻고 나섯이먼 어째? 인산의 노리는 해야시. 호기는 내 친구 아들이고 선희의 친구요. 도저히 보육원에 보낼 수 없어."

"호기가 미워서 보육원에 보내자는 게 아니에요. 보육원보다 잘 키울 자신이 없으니까 그렇지요. 우리도 살기 어려워 쩔쩔매고 있잖아요?"

"그건 나도 알아요. 잘 입고 잘 먹으려고 하지는 않을 거요. 설사 보육원에 보낸다고 하더라도 며칠 데리고 있읍시다. 그게 우리의 도리일 거요."

"나도 이젠 모르겠어요. 남의 자식을 키우려면 뱀새끼를 키우라고 했는데……."

"어허, 무슨 소릴! 아무리 남의 자식을 키우는 게 힘들다 하더라도 호기를 뱀새끼에 비겨?"

"워낙 우리가 없으니 그런 생각까지……."

"와 이카노? 시끄럽구마, 자다 말고……."

선희 어머니의 울음소리와 선희 아버지의 격한 사투리가 호기 귀를 파고들었다.

잠은 이제 완전히 날아가 버렸다. 옆방에서는 이제 아무 소리도 들려오지 않았다. 호기는 두 어른이 다시 잠들기를 기다렸다.

두 어른이 잠들었다고 생각했을 때, 호기는 가만히 일어났다.

'용서해 주세요.'

호기는 대문 빗장을 열었다. 산동네를 지키는 등이 문밖에서 곱게 빛나고 있었다.

'안녕히…… 은혜 잊지 않겠어요.'

산동네를 내려와 호기는 도시 깊숙이 걷고 있었다. 어디로 가겠다는 목적지를 정한 것은 아니었다. 선희네 집에서 아침을 맞아서는 안 될 것 같은 마음이 호기를 밖으로 내몰았다. 일찍 깬 차들만이 바쁘게 달려가고 있었다.

어느 커다란 건물 앞에서 호기는 발을 멈추었다. 완성되지 않은 건물. 아버지를 저세상으로 보낸 건물이었다. 호기와 아버지가 텐트를 치고 기거하던 건물이기도 했다.

'아버지.'

아버지가 마치 건물 어느 곳에서 잠들고 계실 것만 같았다.

호기는 발을 뗴었다. 생각 없이 걷기 시작했다. 아니 수없는 생각들이 작은 새들처럼 호기 가슴에 들어앉아 있었다.

도시에만 나가면 모든 게 잘되리라고 생각했다. 교장 선생님은 월요일 조회 시간이면 말씀하셨다. 공부를 열심히 하라고. 너희들도 한번 사람답게 살아야 하지 않겠느냐고. 이 촌구석에서 백 년, 천 년 처박혀 살 거냐고. 호기는 교장 선생님의 얼굴을 떠올렸다. 늘 깨끗하고 아름답고 반듯한 것에 대해, 돈을 버는 것에 대해 말씀하시던 교장 선생님이었다. 호기는 고개를 저었다.

'교장 선생님, 도시에 산다고 해서 모두 훌륭한 것이 아니었습니다. 우리는 아무것도 이루지 못했어요. 죽자 살자 노력했지만 남는 건 바닥난 돈주머니였습니다. 사람들이 착한 우리 아버지를 속였습니다. 1년도 안 되어 아버지는 가게를 남의 손에 넘겨주었습니다. 아버지는 속아도 오지게(굉장하게) 속았다고 머리를 쥐어뜯었지요. 저는 그때 비로소 알았지요. 이 아름답고 깨끗한 도시는 착한 사람을 골탕 먹이는 심술꾸러기임을요. 아버지는 허드레 노동자가 되었습니다. 아버지가 어느 날 저녁, 한숨을 내쉬시며 말씀하셨습니다. 이렇게 고생하면 어느 산골에 산들 못 살 게 뭐냐고. 우린 집도 없이 신축 건물 작업장에서 살았어요.'

조금씩 조금씩 동쪽 하늘이 트여 왔다. 그러고 보니 거리에는 사람들이 많아졌다.

호기가 갑자기 걸음을 멈추었다. 무엇인가 두툼한 게 발에 밟혔기 때문이다. 호기는 허리를 굽혔다. 지갑. 가슴이 철렁거렸다. 온몸이 잠시 굳어졌다. 얼른 지갑을 점퍼 주머니에 넣고 사방을 둘러보았다. 아무도 보는 이는 없었다. 등 뒤에서 식은땀이 솟고 있었다.

사람들이 바쁘게 호기 옆을 스치며 커다란 건물 속으로 들어가고 있었다. 호기는 그 건물을 올려다보았다. '특급 대합실'이란 반듯한 글자가 호기 눈에 들어왔다. 호기가 서 있는 곳은 그러니까 서울역 광장이었다. 가슴이 쿵쾅거렸다. 파출소가 눈앞에 보였다.

호기는 바쁘게 움직였다. 역 광장을 맴돌다 호기는 대합실로 들어섰다. 무엇을 어떻게 해야 할지 모르는 채 마음만 바빴다. 매

점을 기웃거리고 긴 의자에 앉아 졸고 있는 사람들을 힐끔힐끔 쳐다보았다. 그때 호기의 눈에 '화장실'이란 글자가 보였다. 자기도 모르게 안도의 한숨이 나왔다.

'혼자 들어갈 수 있는 방이 필요해. 거기서 지갑을 열어봐야지.'

화장실을 향해 바삐 걸어갔다. 막 들어서려는데

"돈을 내야지, 돈!"

화장실 사용료를 받는 아저씨가 호기 가슴 앞으로 손을 내밀었다.

호기는 울상이 되었다. 도둑이 제 발 저린다고 하마터면 '제가 잘못했습니다.' 하고 말할 뻔했다.

"급하니? 급해? 자식, 좀 빨리 올 것이지. 휴지 있어?"

아저씨가 말했다. 호기는 엉겁결에 고개를 흔들었다.

"자, 휴지 여기 있다. 모두 40원. 나오면서 돈 내."

호기는 얼굴이 새빨개진 채 화장실 안으로 들어갔다.

화장실 칸에는 모두 사람이 들어 있었다. 호기는 발을 구르기 시작했다. 정말 똥이 마렵기 시작한 것이다. 호기는 급하게 문을 때렸다.

이윽고 문이 열렸다. 젊은 남자였다. 호기는 얼른 들어가 문을 닫았다.

모든 일을 치르고 나서 호기는 천천히 지갑을 꺼냈다. 앗! 빳빳

한 새돈이 들어 있었다. 놀랍게도 만 원짜리가 열여섯 장이었다. 천 원짜리도 일곱 장. 동전 세 개에 작은 수첩도 있었다. 수첩에는 깨알 같은 글씨들이 박혀 있었다.

창을 열면
나의 계절을 흔들고 지나가는
황금빛 종소리…….
1976년 5월 8일 새벽 4시 30분

알 수 없는 글이었다. 5월 8일이면 며칠 전이었다. 수첩엔 시 같은 글들이 날짜와 함께 쓰여 있었다. 때때로 붉은색으로 줄을 치기도 했다.
주민등록증의 안경 낀 남자가 날카롭게 호기를 쏘아보았다.
김진홍. 사진의 얼굴은 김진홍이었다.
호기는 돈을 모두 꺼내어 주머니에 넣었다. 만 원짜리는 점퍼 안주머니에 깊숙이 찔러 넣었다. 지갑은 휴지통에 버리기로 마음먹었다. 그러면 아무도 모르겠지. 호기는 그렇게 생각했다.
너무 갑자기 큰 슬픔에 싸여 버려서일까? 호기는 가슴 밑바닥에서 울리는 양심의 북소리를 듣지 못하고 있었다. 막 지갑을 버리려는 순간 밖에서 똑똑 노크 소리가 났다. 호기는 화들짝 놀라며 지갑을 주머니에 넣었다.

다시 노크 소리. 호기는 허리끈을 매는 척하며 문을 열었다. 경찰 아저씨다! 호기의 얼굴은 하얗게 질려 버렸다.

'잘못했습니다. 경찰 아저씨.'

"어서 나오너라. 미적거리지 말고."

경찰 아저씨가 급하게 말하며 호기를 밖으로 내몰았다. 호기는 어깨를 축 늘어뜨리고 나왔다.

'이제 잡혀가나 보다.'

앞이 캄캄했다.

그러나 경찰관은 급한 볼일을 치르기 위해 화장실에 들른 사람이었다. 안으로 들어가 급하게 문을 닫았을 때 호기는 비로소 깨달았다.

'나를 잡으러 온 사람이 아니야. 아무도 모른다. 아무도 나를 의심하지 않아.'

그렇지만 안심이 되지는 않았다. 어서 도망가야 한다고 화장실을 나오며 생각했다.

'그래, 나는…… 나는…… 고향에 가고 싶어.'

깊은 구멍 속에 빠진 보물을 꺼내듯 힘겹게 생각해 낸 고향. 도시로 이사 오며 버리고 온 고향 집이 선명하게 떠올랐다. 이웃에 살던 만철이 아재. 아버지를 형이라 부르던 그 아재는 아직 거기 살고 있을 것이다. 만철이 아재는 친척이 없었다. 아재네 어머니가 돌아가셨을 때 호기 아버지가 앞장서서 장례를 치러 주었고 그 뒤 만철이 아재는 호기 아버지를 친형처럼 따랐다. 그리고 새벽양지 마을에도 엄마의 가까운 친구 창숙이 이모가 있다.

호기는 누가 등을 떠민 것처럼 빠르게 매표소 앞으로 갔다.

"김천 가는 표, 한 장 주세요. 얼른요."

"돈을 내야지."

유리 벽 안에서 아저씨가 말했다.

"얼마지요?"

돈을 받고 기차표를 내준 아저씨가 호기를 뚫어지게 보며 말했다.

"빨리 뛰어가. 시간 다 됐어."

기차는 텅텅 비어 있었다. 아무 자리에나 앉았다.

기차가 천천히 몸을 움직이기 시작했다. 오월의 해가 유리창 저쪽에 떠 있었다. 잠이 몰려왔다. 자면 안 된다고 호기는 생각했다.

'표 파는 아저씨는 분명 이상한 눈초리로 나를 보았다. 그가 어떤 방법으로 사방에 연락할지 모른다.'

그러나 한 번 쳐들어온 잠을 이길 수는 없었다. 며칠 동안 제대로 된 잠을 자지 못한 호기였다. 이젠 안심해도 좋아. 한잠 푹 자.

잊어버려. 잠은 이렇게 속삭이며 호기를 끌어안았다.

기차는 몇 번을 쉬면서 달렸다.

"다음은 대전역. 대전역에서 내리실 손님은 미리 준비하십시오."

몇 번째인가 방송이 들려왔다. 그러나 호기는 깨지 않았다. 잠시 쉰 기차는 다시 출발하더니 다시 멈췄다.

"얘, 얘, 여기 내 자리야."

호기는 눈을 떴다. 대학생처럼 보이는 누나가 호기를 흔들고 있었다. 표지에 1976이라 적힌 두툼한 노트와 책을 안고 있는 누나였다.

"저도 표 있어요. 여기 어디예요?"

"여기 김천이야. 여기 내 자리라니까."

"김천요?"

호기는 후다닥 기차에서 내렸다. 하마터면 김천에서 내리지 못할 뻔했다.

'나도 표를 샀는데 자기 자리라니 그게 무슨 소리일까?'

호기는 기차에도 자리가 정해져 있다는 것을 알지 못했다. 그냥 빈자리에 앉으면 되는 줄로만 안 호기였다.

김천에 내려 역 대합실 밖으로 나왔지만 어떻게 해야 할지 막막했다. 호기가 할 수 있는 일은 가슴을 만져 보는 일뿐이었다. 점퍼 안주머니 속 돈. 점퍼 안주머니는 두툼했다. 어디로 어떻게 가야 고향인 장전으로 가는 버스를 탈 수 있을지 호기는 알지 못했다.

경찰 아저씨를 찾아가 물어볼까 하고 생각하다가 호기는 고개를 저었다. 감히 그럴 수가 없다.

'나는 도둑놈이야.'

호기는 혼자 되뇌며 무작정 걷기 시작했다.

어느새 황금동 세거리. 호기는 어디로 갈까, 망설였다. 그때 '부릉' 하는 소리가 났다. 호기는 고개를 돌렸다.

아! 버스. 호기는 냅다 뛰었다. 저 차일지도 모른다. 그러나 그곳에 가기 전에 버스는 출발해 버렸다. 버스를 놓쳤지만 힘이 솟았다.

"아저씨, 저 차 어디까지 가는 차입니까?"

"저 차?"

"네, 지금 떠난 버스요."

"지례."

지례. 많이 들어본 지명이었다.

아저씨는 차표 묶음을 들고 있었다. 그곳은 말하자면 간이역 같은 곳이었다.

"니 어데까지 갈락카노?"

"장전예, 장전."

호기는 사투리로 대답했다. 그리고 혼자 씩 웃었다. 이곳에서 기다리기만 하면 장전 가는 버스를 탈 수 있다는 안도감이 호기를 기쁘게 했다.

"장전? 증산면 장전 말이제?"

"예!"

장전까지 가는 버스는 자주 있는 게 아니라고 아저씨가 말했다.

"열두 시 반에 와라. 함부레(아예) 버스 정류장으로 가거라. 출발하는 데서 타야 자리가 있지. 여긴 둘째 정류장인 셈이야."

호기는 고개를 끄덕였다. 비로소 생각이 났다. 호기네 골짜기에는 하루에 버스가 두 번. 두 번째인 밤차는 골짜기에서 잤다가 아침 차가 되어 떠나곤 했다.

"아저씨, 지금 몇 시라예?"

슬슬 사투리가 나왔다. 이제부터는 사투리를 써야지 한 것도 아닌데, 때가 되어 실을 뽑아내는 누에처럼 자연스럽게 나왔다.

"열 시 사십오 분. 아직도 멀었다. 버스 정류장으로 가락카이."

'고맙습니다. 아저씨.'

호기는 속으로 인사했다.

'찾아 헤매는 것보다 여기서 기다리는 게 나아.'

길 건너에서 떠들썩한 소리가 났다. 호기는 그쪽으로 고개를 돌렸다. 많은 사람들이 거리에 물건들을 펴놓고 있었다. 오일장이 열리는 날이었다. 물건값 때문에 다투는 소리가 여기저기서 나고 있었다.

  호기는 길을 건넜다. 장 구경을 하며 시간을 보내기로 마음먹은 것이다.

| 안개 |

 하마터면 버스를 놓칠 뻔했다. 시장 구경을 하고 정류장으로 갔을 때 버스가 부르릉거리며 떠날 준비를 하고 있었다.
 "장전 가요?"
 헐레벌떡 뛰어가 호기가 소리쳤다. 안내양 누나가 낚아채듯 호기를 차 속으로 끌어갔다.
 버스는 바로 출발했다.
 "저기 자리 있네."
 버스비를 내고 나서 안내양 누나가 가리키는 자리에 앉았다. 호기는 자기도 모르게 긴 한숨을 쉬었다.

'우리 집은 그대로 있을까? 주인 없는 집이라고 누가 헐어 버리지나 않았는지 모르겠다.'

얼마큼 달린 버스는 산길을 오르고 있었다. 사람들이 감옥재라 부르는 아흔아홉 고개. 낭떠러지 밑으로 푸른 숲이 우거져 있고 숲 사이사이로 마을 지붕들이 보였다. 버스는 느리게, 기듯이 움직였다. 울긋불긋한 지붕들이 나타났다가 천천히 사라졌다. 새마을운동으로 지붕을 개량한 집들이었다. 재주를 부리듯 버스는 산길을 기어갔다. 느리게 느리게 버스는 감옥재를 벗어났다.

"남곡! 남곡 내리실 손님 나오시소."

호기가 내릴 곳이 가까워지고 있었다. 남곡은 호기에게 귀 익은 곳이었다.

버스는 씽씽 내달았다. 장터 마을의 낯익은 집들이 나타났다. 면사무소가 있는 마을. 아버지 어머니를 따라 몇 번이고 왔었던 마을이었다.

버스는 장전 도가뜸에서 숨을 멈추었다. 옛날에 술 만드는 집이 있었다 해서 '도가뜸'이라 부르는 버스 종점이었다. 그런데 도가뜸 모습이 낯설었다. 눈에 익던 초가가 아니고 알록달록 색깔 슬레이트 지붕으로 싹 바뀌어 있었고 꾸불꾸불 흙길은 반듯한 시멘트 길로 바뀌어 있었다. 버스가 서는 정류장에는 새마을기가 부는 바람을 타고 펄럭거렸다. 잘 아는 동네인데도 낯선 동네에 온 기분이었다. 호기네가 이사 간 후 새마을운동의 물결이 마을을 휩쓸며 길을 넓히고 초가지붕을 개량한 것을 호기는 모르고 있었다.

호기는 천천히 걸었다. 도가뜸을 벗어나 내를 건너고 다시 산길을 걸었다.

호기네 옛집은 무성한 풀을 마당 가득 키워 놓고 있었다. 문들은 부서지고 벽은 심하게 갈라져 있었다.

"만철이 아제!"

호기는 옆집으로 가 소리쳤지만 아무도 대답하지 않았다. 만철이 아제가 살던 집도 무성한 풀에 싸인 채 텅 비어 있었다. 맥이 탁 풀렸다.

'만철이 아제는 있을 줄 알았는데.'

호기는 집으로 들어가지 않고 이웃집들을 기웃거렸다. 여섯 집 모두 비어 있었다. 일순 할머니가 살던 집은 폭삭 주저앉아 있었다. 집을 버리고 모두 도시로 떠난 것이다. 백날천날 농사를 지어 봐야 희망이 없다고 도시로 떠난 것이다. 어느 농촌이나 사정은 비슷했다. 이농의 거센 바람이 전국의 농촌을 강타하고 있었다.

다른 곳보다 돌이 더 많아서 돌마당이라고 했을까? 여섯 집이 모인 이 조그마한 동네를 사람들은 '돌마당'이라고 불렀다. '석장리(石場里)'라는 공식 이름이 있었지만 사람들은 그냥 돌마당이라 불렀다. 여섯 집을 다 돌아보고 나서 호기는 제 집으로 돌아왔다.
'우선 방을 치워야겠다.'
오랫동안 사람이 살지 않은 방은 곰팡내와 먼지, 거미줄과 쥐똥으로 더럽고 무서웠다. 귀신이 산다면 이런 집에서 살 것 같았다.
'무엇으로 청소하지?'
호기는 이웃집들을 뒤지며 뭐 쓸 만한 것들이 있는지 살펴보았다. 어느 집에도 쓸 만한 것들은 남아 있지 않았다. 부엌 구석구석까지 뒤져도 반반한 것은 하나도 없었다.
반이나 떨어진 빗자루, 찌그러진 양동이 그리고 헌 옷들, 자루 없는 호미. 이런 것들을 모아다 호기는 청소를 시작했다. 집 옆 시내에서 헌 옷을 빨아다 물걸레질도 했다.
방을 치우고 나서 호기는 돈과 지갑, 주민등록증 그리고 수첩을 감나무 그늘에 묻었다. 마당에 뒹구는 비닐로 싸서 묻었다. 천 원짜리와 동전만 남겨 두었다.
'아버지, 이제 더 이상 이 큰돈에 손을 대지 않겠습니다. 그리고 꼭 갚겠습니다. 이제 절대로 이 돈에 손대지 않을 기라요.'
돈을 다 묻고 났을 때 호기는 저녁을 먹어야 한다는 것을 생각했다. 김천 오일장에서 찐빵을 사 먹은 게 전부였다. 배가 고팠다. 그러나 아무것도 없는 동네였다.
'김천에서 준비하고 와야 했어.'

생각해 보니 준비해야 할 게 한두 가지가 아니었다. 먹을 것도 중요하지만, 이불과 방을 밝힐 등불이 필요했다. 전기가 들어오지 않는 동네였다. 여러 가지 걱정과 함께 어둠이 밀려왔다. 아무도 몰래 천천히 찾아온 어둠은 이내 모든 것을 품에 안아 버렸다.

호기는 어두운 방에 누웠다. 방바닥이 차가웠다. 오월이라고 하지만 산골의 밤은 찬 바람을 몰고 왔다. 밤이 깊을수록 호기는 자꾸 몸을 줄였다. 춥다. 품 안으로 손과 발을 모아들였다. 멀리에서 짐승들이 울고 있었다. 가까이에선 새들도 울었다.
새벽녘에야 호기는 잠깐 눈을 붙였다. 그러나 이내 깨었다. 추위와 무서움이 호기를 끝까지 괴롭혔다.
고향에서 처음 맞는 아침. 창밖은 안개가 점령해 있었다. 아무것도 안 보였다. 집 옆으로 흐르는 냇물 소리만이 맑게 들려왔다.
호기는 천천히 집을 나왔다. 집은 호기의 등 뒤에서 금방 안갯속에 숨어 버렸다.
배가 고팠다. 학교 마을에 가면 가게가 있다. 거기서 빵이라도 살 수 있을 것이다.
'선희 아버지는 얼마나 나를 욕할까?'
얼마쯤 걸었을 때 안개에 잠겨 있는 아홉 채의 집이 나타났다. '새벽양지'라 부르는 동네였다. 엄마의 초등학교 동창이어서 호기가 '창숙이 이모'라 부르던 분이 사는 동네였다. 애가 없어서 호기를 귀여워했던 창숙이 이모. 창숙이 이모의 남편은 호기 아버지와 자연 가깝게 지내던 사이였다. 호기는 그를 아저씨라 불렀다.

'창숙이 이모네는 아직도 그냥 살고 있을까?'

호기는 빈집들을 지나 창숙이 이모네가 사는 외딴집으로 다가갔다. 그 집에선 부엌 쪽에서 연기가 피어오르고 있었다. 사람이 살고 있다는 뜻이었다.

'창숙이 이모!' 하고 부르려다 호기는 입을 다물었다. 빨리 학교 마을에 가서 빵을 사고 싶었다. 인사는 나중에 해도 늦지 않을 것이다. 창숙이 이모가 산다는 것만도 힘이 되었다.

'창숙이 이모 나중에 올게요.'

호기는 두 다리에 힘이 붙는 걸 느꼈다.

'나는 혼자가 아니다. 창숙이 이모도 있고 아저씨도 있다.'

호기는 뭔가 여유로워진 마음으로 새벽양지 다른 집들을 보았다. 새벽양지에서 사람이 남아 있는 곳은 창숙이 이모네뿐이었다. 새벽양지의 다른 집은 모두 비어 있었다. 안개에 젖은 빈집들, 구멍이 뿅뿅 뚫린 문들은 눈을 부릅뜬 도둑고양이처럼 으스스했다. 호기는 그 빈집들을 다 돌아보고 나서 다시 밑으로 걷기 시작했다.

갈림길. 호기는 학교 쪽으로 발을 돌렸다. 어제 잠을 못 이루면서 생각한 것은 우선 학교에 다녀야겠다는 생각이었다. 빈손인 호기에게 학교에 나오라고 할지 그게 걱정이었지만 부딪쳐 보기로 했다.

'음?'

앞에서 발자국 소리가 나는 것 같았다. 분명히 발자국 소리였다. 안개 때문에 모습은 안 보이고 소리만 들렸다. 와락 겁이 났다.

'누굴까? 이 아침에. 혹시…… 간첩?'

호기는 걸음을 멈추었다. 끔찍한 생각들이 머리를 어지럽게 했다.

갑자기 발자국 소리가 뚝 그쳤다. 아무것도 안 보였다. 호기는 앞으로 몇 걸음 더 나아갔다. 그러자 그쪽에서도 움직이기 시작했다. 발자국 소리만이 아니었다. 휘파람 소리가 안갯속에서 나기 시작했다.

'우리 모두 함께, 우리 모두 함께, 우리 모두 함께 길을 걷자…….'

호기도 아는 곡조였다. 잘 부는 휘파람. 아주 경쾌하여 새벽의 안개까지 걷어 버릴 것 같았다. 휘파람은 계속 가까이 다가왔다. 호기는 앞으로 나아가며 중얼거렸다.

"…… 땅 위에 평화 위해, 우리 모두 길을 걷자."

이제 무서움은 완전히 사라졌다. 그때 문득 떠오르는 얼굴이 있었다. 이 노래를 가르쳐 준 사람. 노래하며 손동작까지 가르쳐 준 사람의 얼굴이 선명하게 나타났다.

"선생님!"

호기는 휘파람 소리가 나는 쪽을 향해 소리쳤다.

"선생님, 류인기 선생님!"

호기는 뛰었다. 그쪽에서도 뛰어오는 소리가 났다.

'틀림없어. 선생님은 휘파람을 잘 부셨지.'

얼굴이 보일 만큼 서로 가까워졌을 때 호기는 다시 소리쳤다.

"선생님, 저라예! 호기라예, 호기!"

"호기? 아니, 정호기. 호기야, 네가 이 새벽에 웬일이냐?"

류 선생님이었다. 호기의 두 손을 덥석 잡는 두 손이 젖어 있었다. 지독한 안개다.

"호기야, 참 궁금했다. 그만큼 편지하라고 했는데……."

'죄송합니다, 선생님.'

"부모님들도 오셨니?"

"어데예, 모두 돌아가셨어예."

호기는 가슴이 턱 막히며 눈시울이 뜨거워졌다. 참으려 할수록 울음은 더욱 기세 좋게 나오려 했다.

"그래? 잠깐 다니러 온 게 아니구나?"

"선생님, 장(내내) 여기 계셨서예?"

목까지 기어오른 울음을 삼키며 호기는 간신히 입을 열었다.
"응. 가야지, 가야지 생각했는데……. 아마 호기를 만나려고 여태껏 못 간 모양이야."
'고맙습니다, 선생님.'
"어제는 어디서 잤니?"
"집에서예. 이제 여기서 살 거라예."
"혼자?"
"네……."
"걱정하지 마. 사람은 결국 모두 혼자가 돼."
해가 가까이 다가오면서 안개를 녹였다. 이슬에 젖은 풀잎과 붓꽃이 아름답게 드러났다. 무더기로 피어 있는 조팝나무 꽃들이 소복이 쌓인 함박눈 같았다.
"호기야, 너 지금 추워서 떨고 있구나. 가자. 귀한 사람을 만났으니 아침 산책은 중지다."
안개는 완전히 걷혔다. 그런데도 호기는 불안하고 추웠다. 배가 몹시 고팠지만 그 말은 할 수 없었다.
뉴 선생님은 전에 살던 학교 뒤 숲, 사택에 혼자 살고 계셨다. 본래 무덤이 있던 자리여서 선생님들이 들기를 꺼리던 집이었다. 예전처럼 자취를 하고 계셨다.
"자, 이거 좀 마셔 봐. 좀 몸이 풀릴 거야."

부엌에 내려간 선생님이 이내 전지분유를 끓여 오셨다. 아침을 먹었느냐고 묻지도 않고 몇 조각의 잼 바른 식빵도 내왔다. 호기는 묵묵히 먹었고 선생님도 아무것도 묻지 않고 말없이 보기만 했다.

배가 채워졌을 때 하품이 나왔다. 참으려고 했지만 자꾸 나왔다.

"이리 아랫목으로 내려와 누워. 어제 한잠도 못 잔 모양이구나."

"괜찮습니다."

"자, 어서 누워. 방이 따뜻해서 잠이 오는 모양이구나. 어서 자. 내가 밥을 지을 동안."

류 선생님은 호기를 이불 속으로 끌어넣었다. 호기는 곧 잠 속으로 떨어졌다.

눈을 떴을 때는 한낮이었다. 너무 곤히 잠든 호기가 안쓰러워 선생님은 그냥 학교로 가셨다.

12시 25분. 책상 위에 놓여 있는 시계가 재깍재깍 숨을 쉬고 있었다. 책상 앞벽에는 1976년 1년짜리 달력이 붙어 있었다.

호기는 창을 열었다. 숲속에 있던 깨끗한 바람이 들어왔다. 훌륭한 날씨였다.

이불을 개고 나서 부엌문을 열어 보았다. 남자가 어떻게 밥을 짓는지 궁금했다.

깨끗했다. 냄비에서는 빛이 나고 있었다.

'선생님도 이렇게 해내는데…….'

호기는 자기도 이제 곧 살림하게 되면 이처럼 깨끗하게 하리라 마음먹었다.

종소리가 났다. 아이들이 운동장으로 쏟아지는 소리가 들려오고 나서 조금 있으니까 류 선생님이 들어오셨다.

"일어났구나. 우리 점심 먹자."

점심을 먹고 나서 선생님은 호기를 데리고 사택 옆 숲으로 갔다. 풀숲 너른 바위에 앉았다.

"호기야. 도대체 어떻게 된 거니? 이야기 좀 해 봐라."

호기는 먼 곳을 바라보았다. 먼 하늘에 도시의 모든 것들이 나타났다. 아버지, 어머니 그리고 선희네…….

"괜찮아. 이야기해 봐."

호기는 입을 떼었다. 모두 이야기했다. 선희네 집에서 자다가 와 버린 이야기까지. 그러나 지갑 이야기는 좀처럼 나오지 않았다.

"네 생각은 바른 생각이다. 정 도시에 가기 싫음 그냥 여기 있거라. 어떠니? 나하고 같이 살아 볼 생각은 없니?"

뜻밖이었다. 류 선생님이 이런 이야기를 하리라곤 상상도 못 했던 호기였다.

'그렇지만 선생님은 곧 떠나시고 만다. 선생님이 말씀하셨지.

사람은 결국 혼자가 된다고. 힘을 길러야 해. 혼자 살 수 있는 힘.'

"지금 당장 결정 안 해도 돼. 천천히 생각해 봐."

남이 약하다고 동정할 때 호기는 이상하게 힘이 솟는 성질을 가졌다. 류 선생님이 그런 이야기를 안 했으면 호기가 먼저 '선생님과 같이 살았으면.' 하고 생각했을지 모른다.

"선생님, 아닙니다. 저 혼자 살 수 있습니다. 새벽양지에 엄마 친구 창숙이 이모네도 있어요. 그보다, 선생님, 학교에 다니고 싶어요."

"그렇구나. 학교 문제부터 해결하자. 전학 서류는 내가 나중에 네가 다니던 학교에 연락해서 만들도록 하고……."

그때 오후 수업을 알리는 종소리가 났다.

"호기야, 나중에 다시 이야기하자. 들어가서 쉬고 있어라."


모든 것은 류 선생님이 애써 주셨다. 호기는 교장 선생님과 새 담임 선생님에게 인사드리고 종이봉투에 든 5학년 책을 받았다. 모두가 새 얼굴들. 호기에게 낯익은 얼굴은 류 선생님뿐이었다.

"이럴 줄 알았음 류 선생님이 5학년 담임을 할 걸 그랬지요?"

새 담임 선생님이 말했다. 선생님들이 따뜻한 눈빛으로 호기를 보았다. 이미 모든 것을 알고 있는 듯했다.

"교장 선생님, 저 오늘 일찍 퇴근하겠습니다. 호기하고 의논해야 할 일도 있고요."

"어서 가요. 총각이 이처럼 큰아들을 얻었으니 해야 할 일이 많겠지."

이런 이야기를 들으며 호기는 다시 한번 자신에게 다짐했다.

'절대로 폐를 끼쳐선 안 돼.'

집으로 돌아온 류 선생님은 익숙하게 저녁을 지으면서 이야기했다.

"호기야, 나하고 같이 있자. 너 혼자 거기 있기엔 힘들 거다."

"아닙니다. 혼자 있을 수 있어예. 저 오늘 올라가겠습니다."

"아냐, 아냐. 넌 내일부터 학교에 다녀야 해. 그러니까 아무 생각 말고 여기서 며칠 지내. 네 생각이 정 그렇다면 다시 생각해 보자."

다시 호기의 마음이 강해졌다. 참 이상한 성질이다.

이른 저녁을 먹고 나서 선생님이 설거지하는 동안 호기는 학교를 빠져나왔다. 신세를 져서는 안 된다고 생각했기 때문이었다.

'선생님, 저 돌마당으로 올라갑니다. 걱정 마세요.'

책상 위의 종이에다 이렇게 적은 호기는 교과서가 든 종이봉투를 들고 방을 나왔다. 해는 아직도 만석봉 위에서 빛나고 있었다.

| 은숙의 비밀 |

 

학교 교문을 나와 가게로 향했다. 학교 마을 사람들과 아이들을 주 고객으로 하는 가게는 생필품도 있지만 술도 팔고 담배도 팔고 아이들에게 필요한 학용품도 팔았다. 학교에서 나와 조금만 더 걸어가면 다리가 나온다. 다리를 건너 마을로 들어서면 가게 뒷벽이고 옆으로 돌아가면 가게가 보이는 골목이었다. 호기는 천천히 앞으로 가기 위해 벽을 끼고 걸었다. 가게 앞에서 왁자한 소리가 들려왔다. 하루 일을 끝낸 사람들이 막걸리를 주고받으며 하루의 피로를 푸는 소리였다.

"그래, 정말 우리 산골 농촌 사람들도 자가용을 굴리는 시대가 온단 말이제? 니는 그 말을 믿나 유신헌법 국민투표에 꼭 찬성하라고 학교 선생님들이 집까지 찾아와 독려할 때 나는 믿기지 않더라. 언제 그런 세상이 오겠노?"

호기는 두어 걸음만 움직이면 말하는 사람이 누구인지 볼 수 있었지만 왜 그런지 문득 멈추어 서서 벽에 바짝 붙어 섰다.

"어허 참! 그래서 우리 박정희 대통령께서 유신헌법을 선포하지 않았습니까? 저기 저 포스타 보이소."

호기 눈에는 보이지 않았지만 가게 처마 밑 벽에는 오래된 포스터가 남아 있었다. 10월 유신 100억 불 수출 1,000불 소득이란 글자가 희미하지만 그대로 남아 있었다. 풀로 단단히 붙여서 비바람에도 찢기지 않고 빛바랜 채 남아 있었다.

"저거는 그냥 유신 선전 아닌기요."

"나는 아무리 그래도 내 손으로 나라 대통령을 뽑는 그런 나라에 살고 싶어. 유신헌법은 무슨 개코. 국민이 지 손으로 대통령도 못 뽑는 그런 나라가 시상에 어디 있노? 저 북한이나 뭐가 다르노? 우리가 북한을 얼마나 욕했노. 한 사람 입후보해서 백 프로 찬성해서 김일성이가 대빵이 된 거잖아. 우리도 박정희가 혼자 입후보해서 99.999프로로 당선되었다는 거 다 알잖아. 무효표도 박정희를 박정히라고 써서 무효표가 되었다 카데. 희가 아니고 이렇게 히라고 써서."

"어허 이 사람 큰일 날 소리 허네. 어디 가서 그런 소리 마소. 쥐도 새도 모르게 잡혀갈 것인께."

"내가 틀린 소리를 했단 말이가? 너도 모를 심으며 그랬잖아. 발전은 무슨 개코! 박정희가 평생 대통령 해 먹으려고 유신헌법이란 걸 만들어 나라를 지 맘대로 한다고 지 입으로 말해 놓고! 이제 와서, 여기 면사무소 김 서기가 있으니 무서워서 뱉은 소리를 안 했다고 하나?"

"아이고 형님, 왜 이러십니까? 고정하이소. 새마을운동도 유신헌법도 다 우리나라가 잘되라고 한 것 아니것습니까? 기다려 봅시다. 농촌 사람들도 자가용을 타는 시대가 온다고 했시니 그런 시대가 곧 올 거구만요. 오늘 새마을 사업 잘해 놓고 와들 이러십니까?"

새마을 모자를 쓴 사람이 점잖게 타이르듯 말했다. 면사무소 김 서기였다. 그러자 가게 주인 할머니가 말했다.

"이보소 구성이 아배! 그런 소리 말고 그만 들어가이소. 같은 마을 사람끼리 그리 싸워서 뭐 하겠습니까. 며칠 전 장터에서 이상한 소리를 하다 경찰에게 붙잡혀 갔다 하데예. 다들 입조심합시다. 그러다 우리 가게 문 닫심니더."

"장터에서 누가 무슨 소리를 했는데 잡혀갔단 말입니까? 간첩질이라도 했다 합디까?"

"서울서 나라에 반대하는 대학생들 죄다 잡아갔단 소리하며…… 몰라예 몰라예. 그만들 일어나세요."

가게 주인 할머니는 자기 소리에 제가 놀란 듯 손으로 입을 막더니 당황해서 소리쳤다.

"그만 마시고 일어나요! 어서요! 오늘 너무 마셨어. 취했어. 자, 다들 일어나세요! 일어나요!"

사람들이 일어서는 것 같아 호기는 가게 앞으로 나갔다. 사람들이 하나둘 일어서고 있었고 가게 할머니가 술잔을 정리하다 호기를 보았다.

"뭐 필요한 게 있나?"

"예, 양초하고 성냥 하나 주이소."

"너 어디서 갑자기 나타났노? 어른들이 하는 소리 들었나?"

"무슨 소리예?"

호기는 시침을 뚝 뗐다.

"아니다. 자 양초하고 성냥 여기 있다."

양초와 성냥을 받아 집으로 향하는 호기의 발걸음은 무거웠다. 아까 어른들이 하던 이야기가 자꾸 귀에서 잉잉거렸다.

유신헌법. 호기는 자세히 모르지만 서울에 살 때 대학생들이 데모하다 잡혀갔다는 이야기를 자주 들었다. 어떤 대학생은 울분을 참지 못하고 스스로 목숨을 끊었다는 이야기를 듣기도 했다.

'박정희 대통령이 대통령을 계속하려고 유신헌법이란 걸 만들고 반대하는 사람들은 다 잡아다가 고문한다지? 그럼, 우리나라 대통령이 나쁜 사람인 걸까?'

호기는 알 수 없었다.

'북한은 최고 높은 사람을 뽑을 때 한 명만 입후보해서 저절로 당선된다는데⋯⋯. 우리나라의 유신헌법도 그런 걸까? 박정희 대통령도 전 국민들이 뽑은 게 아니고 장충체육관에서 통일주체국민회의 대의원들이 박정희 대통령을 당선시켰다는데. 입후보도 박정희 대통령 한 사람뿐이었고. 그럼 우리도 북한처럼 하는 거잖아. 아까 가게에서 북한이랑 뭐가 다르노 하며 벌컥 화를 내던데 그게 그 소리였구나. 그럼 그런 법을 만든 사람이 잘못한 거 아냐?'

호기는 아무리 생각해도 알 수가 없었다.

'정말 박정희 대통령이 나쁜 사람일까? 선생님께 여쭈어볼까?'

이런 생각을 하며 걷는 동안 어느새 새벽양지다. 호기는 창숙이 이모네 집으로 갔다. 아저씨가 마당에서 나무를 패고 있었다.

"아저씨!"

호기는 마당으로 들어서며 가만히 불렀다.

"이게 누구고? 너, 호기 아이가?"

아저씨가 소리치며 반색을 했고 부엌에서 창숙이 이모가 뛰쳐

나왔다.

"호기? 서울 간 호기?"

"너거 아버지 어머니도 오셨나?"

뭔가 낌새를 챘는지 아저씨가 다급하게 물었다.

"어데예, 두 분 다 돌아가셨어예."

"엄마야! 어쩌다 그리되었노?"

호기는 꺼내고 싶지 않은 이야기를 두 사람 앞에 다 털어놓아야 했다.

"그랬구나. 그랬구나. 우리 호기 불쌍해서 어여노."

창숙이 이모가 눈물을 흘리며 말했고 아저씨가 무겁고 깊은 한숨을 쉬었다.

두 사람이 이것저것을 물었고 호기는 대답해야 했다. 학교에 다녀온 이야기도 했다.

"잘 왔다. 이모도 있고 나도 있으니 염려 말거라. 아예 우리 집으로 들어올래?"

호기는 잠시 귀가 솔깃했지만 마음을 다잡는다.

"저 혼자 잘 지낼 수 있어예. 괜찮습니다. 고맙습니다."

몇 번을 권했지만 호기는 고집을 꺾지 않았다.

"니 뜻이 정 그렇다면 그리하거라. 호기야, 걱정 말거라. 필요한 게 있으면 아무 때나 우리에게 이야기해라. 이제 우리가 너거 부모다 생각하고 오니라."

"예, 고맙습니다."

창숙이 이모 부부는 마을 밖까지 따라와 손을 흔들었다.

해는 천천히 모습을 감추고 있었다. 산길은 저녁해가 빨리 떨어진다. 해가 져 버리면 돌마당으로 가는 길은 무섭다.

부지런히 걷는데 저 앞에 한 아이가 보였다. 책가방을 들고 가는 여자아이였다. 아이는 기운 없이 걷고 있었다. 호기는 후다닥 뛰어 아이 가까이 갔다. 깜짝 놀란 아이가 뒤돌아보았다. 얼굴이 핼쑥하다.

"어디가 아프니?"

호기가 불쑥 물었다. 그러자 아이는 주저앉아 버렸다. 제 또래 아이라는 걸 안 여자아이는 안심한 기색이었지만 일어나서 걸을 힘은 없는 듯했다. 여자아이가 호기를 올려다보았다.

"너 어디 사노?"

호기가 물었다. 아무리 봐도 처음 보는 아이다. 옷이 참 깨끗하다.

"거지밭."

"그렇게 먼 데 살아?"

거지밭은 호기네 집이 있는 돌마당으로 가기 전 갈림길에서 서쪽으로 꺾어 들어간 곳에 있는 마을이었다.

"응. 작년 여름에 왔어. 서울에서."

"그쿠나(그렇구나). 어쩐지 못 보던 아이라 했더니. 난 돌마당에 살아. 어제 이사 왔어."

호기는 말해 놓고 속으로 후후 웃었다. 이사라니! 제가 생각해도 우스웠던 것이다.

"돌마당이라면 아무도 안 사는 동네?"

"돌마당 아냐?"

"알아. 외할아버지랑 같이 갔었어. 꼭 귀신이 나올 것 같았어. 그쪽에 우리 산이 있거든."

"이제 귀신이 못 나올 거야. 이제 살고 있는 사람이 있으니까."

그 말에 여자아이가 얼굴이 한결 밝아진 채 일어섰다.

"이제 괜찮니?"

"어 괜찮아."

"근데 왜 이렇게 늦게 가. 학교 아까 끝났잖아."

"오늘 학교 마을 정분이네 집에서 조별로 발표할 연극 연습을 하다가 늦었어. 집에 늦는다고 이야기하긴 했지만 이렇게까지 늦을 줄은 몰랐어. 거기다가 갑자기 사람이 나타나서 기설할 뻔했어. 난 아직도 이 길을 걷기가 겁이 나. 너무 조용하고, 나무들 때문에 그늘이 항상 지잖아."

"빨리 걷자. 벌써 어두워지려고 그래."

긴 그림자도 어느새 지워지고 조금씩 어둠이 몰려왔다.

"그럼, 우리 학교에 다닐 거니? 6학년?"

"아니 5학년. 넌?"

"나도 5학년이야. 네 키가 하도 커서 6학년 오빠인가 했어."

두 아이는 서로 보고 웃었다. 모두 외로운 눈빛이었는데 웃는 순간 외로움이 사라져 버렸다.

"은숙아!"

그때 저 앞에서 젊은 청년이 나타났다.

'이 아이 이름이 은숙이구나.'

호기가 이렇게 생각하는데 은숙이 "외삼촌!" 하고 소리쳤다. 갑자기 힘이 생긴 아이처럼 은숙이 목소리는 힘찼다.

"야는 누구고?"

청년이 걸어와서 말했다. 은숙이를 마중 나온 듯 손에 손전등을 들고 있었다. 흙 묻은 옷을 입고 있었지만 호기는 그처럼 멋진 사람을 여태껏 보지 못했다. 아주 큰 키에다가 잘생긴 얼굴이었다. 새마을 모자를 쓰고 있었다.

"외삼촌, 어제 돌마당에 이사 왔대요. 내일부터 우리 반에서 공부해요. 그러니까 외삼촌은 내가 늦어도 이렇게 나오지 말아요. 이젠 여기까지 같이 올 친구가 생겼으니까."

기쁨을 감추지 못하고 은숙은 빠르게 말했다.

"그래? 그거 참 잘됐다. 전에도 여기 살았었니?"

은숙이 외삼촌이 물었다. 그의 눈빛은 따뜻하고 다정하다.

"네."

"아버지 성함이 뭐지?"

"정……."

호기가 채 말을 맺기도 전에 은숙이 외삼촌이 소리쳤다.

"맞다. 너 인수 형님 아들이구나. 그렇지?"

호기는 놀라서 고개를 끄덕였다.

"그러고 보니까 많이 닮았다."

어느새 갈림길이다. 호기는 동쪽, 은숙은 서쪽으로 가야 했다.

"잘 가, 아버지 보고 언제 놀러 간다고 그래."

호기가 뭐라고 입을 떼기 전에 두 사람은 서쪽 숲길로 사라져 버렸다. 은숙이 소리가 풀숲 저쪽에서 났다. 이미 어두워졌다.

호기가 마당에 들어섰을 때는 해가 완전히 떨어져 버렸다. 방에 들어와 종이봉투에서 초와 성냥을 꺼내는데 마당 밖에서 소리가 났다.

"호기야, 호기야."

호기를 부르는 소리와 함께 불빛이 번쩍 창을 때렸다.

"류 선생, 이 집이야. 댓돌에 아이 신이 있어."

마당으로 들어서는 발소리. 그리고 다시 불빛.

"호기야, 호기야."

류 선생님의 목소리였다. 호기는 얼른 대답하지 못했다. 부끄럽고 고마웠다.

'괜히 또 이런 귀찮음을 드리는구나.'

"정호기, 정호기."

다른 목소리가 창밖에서 호기를 부른다. 류 선생님은 누구랑 오셨을까?

"이놈이 아주 자는 척하는데."

호기는 일어나서 문을 열었다.

"선생님……."

두 분 선생님. 한 분은 내일부터 호기의 담임인 우 선생님이었다. 손전등과 호롱불을 들고 계신 선생님들은 지게를 지고 계셨다.

류 선생님이 호롱불을 방 안에 넣으며 말했다.

"네 담임과 의논해서 너 혼자 놔두기로 했다. 이제 걱정하지 마. 이놈이 내가 머슴살이라도 시킬 줄 알았던 모양이지?"

호기는 선생님의 농담에 웃었다. 웃는데 자꾸 눈에서는 눈물이 글썽였다.

"정호기, 잘해야 한다. 류 선생님이 너를 위해서 총각 살림 반을 나누어 주셨어."

담임 선생님이 말했다.

"아니다, 아냐. 네 담임 선생님이 쌀이며 그릇들을 이렇게 지고 오셨어. 내일 학교의 김 주사 아저씨가 와서 집을 좀 고쳐 줄 거다. 이 반찬통에 든 건 교장 선생님의 선물이야."

두 선생님은 호롱불을 들고 부엌으로 가더니 군불까지 때 주었다.

"호기야, 곧 방이 따뜻해질 거다. 그럼 우린 간다. 이불 꺼내서 펴거라. 호롱불도 이젠 네 거야."

호기는 '고맙습니다.'라는 인사도 못 하고 선생님들을 보냈다.

밤이 깊었는지 멀리서 짐승들의 울음소리가 들려왔다.

'나도 이젠 부자야.'

호기는 선생님이 가져온 것들을 정리하다 문득 김진홍 아저씨를 생각했다.

'그래, 아저씨에게 편지를 쓰자. 나중에 꼭 돈을 갚겠다고 말이야.'

호기는 선생님이 가져온 물건을 다시 하나하나 뒤지기 시작했다.

'편지지가 있어야 하는데…… 김진홍 아저씨는 그 돈을 잃어버리고 얼마나 애가 탈까.'

편지지가 있을 리 없었다. 선생님이 가져오신 것에는 공책과 연필, 지우개와 칼이 있을 뿐이었다.

선생님이 가져오신 쌀이며 그릇들, 그리고 학용품을 대강 정리

한 호기는 새 연필을 깎았다. 이불 속에 엎드려 공책에다 편지를 쓰기 시작했다.

어느 만큼 썼을 때였다. 밖에서 발자국 소리가 났다. 호기는 귀를 바짝 세웠다.

"형님, 인수 형님!"

창 앞으로 다가온 발자국이 말했다. 호기는 몸을 바르르 떨며 문고리를 걸었다.

'누굴까? 죽은 아버지의 이름을 부르며 나타난 사람은…….'

다시 밖에서 말했다.

"형님 접니다. 완석입니다."

누구일까? 호기는 분명히 보았다. 돌마당 다섯 집은 지금 비어 있다. 아니, 호기 혼자뿐이다. 호기는 점점 겁이 났다. 문고리를 다시 잡았다. 걸고서도 안심이 안 됐다.

"형님, 왜 그러세요? 저 완석이라니까요. 저녁에 형님 아들을 만났어요. 그래서 알았지요."

후―. 호기는 힘없이 손을 놓았다. 은숙이 외삼촌이구나. 호기는 고리를 풀고 문을 열었다. 은숙이도 밖에 서 있었다. 호기는 얼굴이 빨개졌다. 그렇지만 아까는 정말 놀랐다.

"너 혼자야? 아버지 나가셨니?"

은숙이 외삼촌이 방 안을 둘러보며 말했다. 호기는 입을 다물고 있었다. 아버지를 생각하는 것은 언제나 호기를 슬프게 했다.

은숙이 외삼촌은 그제야 이상한 눈으로 호기를 보았다. 기쁨에 들떠 있었던 조금 전의 소리가 아니었다.

"아버지…… 돌아가셨어요."

은숙이 외삼촌이 방으로 들어서며 소리쳤다.

"야가 지금 무슨 소리 하노?"

호기는 류 선생님과 창숙이 이모네서 했던 말을 다시 해야 했다. 호기가 말하는 동안 두 사람은 꼼짝도 하지 않았다.

호기가 입을 다물었을 때 방 안은 깊은 침묵 속에 빠졌다. 침묵을 깬 것은 은숙이 외삼촌이었다.

"네 이름이 뭐니? 오랫동안 고향을 떠나 있었기 때문에 네 이름을 모르겠다. 네가 아기일 때는 여러 번 보았지만."

"호기입니다."

"그래, 호기. 이제 생각난다. 인수 형님이 호기 이야기를 가끔 편지에 써 주시곤 했지. 호기야, 가자. 우리 집으로 가. 너 혼자선 못 살아."

꼼짝 안 하고 듣고 있던 호기가 입을 열었다.

"아닙니다, 아저씨. 혼자 있을 수 있어예. 아버지하고 약속했어예."

"약속?"

"네. 절대 남의 신세는 안 지기로 했어예."

"자식, 고집이 꼭 아버질 닮았구나. 그렇지만 오늘은 안 돼. 가자, 은숙이도 친구가 없던 차에 잘되었다. 신세 진다고 생각하지 마. 네 아버지에게 난 아주 많이 은혜를 갚아야 할 사람이야. 가서 같이 있다가 정 혼자 있겠다면 내가 보내 주마."

"아닙니다, 아저씨. 오늘부터 해야 할 일이 많아요."

호기는 편지 쓰던 것을 생각하며 말했다. 미루어선 안 된다. 그 사람은 지금쯤 얼마나 속이 상해 있을까?

은숙이 외삼촌이 호기를 일으켜 세우려 했다.

"아저씨 정말입니다. 지금 해야 할 일이 있어요. 다음에 은숙이랑 같이 갈게요."

끝내 고집을 꺾지 않았다.

"허 참, 고집도. 이 짐들도 너 혼자서 가져온 것이냐?"

방 안을 둘러보며 은숙이 외삼촌이 말했다. 솥, 쌀자루, 냄비……

"아닙니다. 옛날 저를 가르치셨던 선생님께서……."

호기는 말끝을 흐렸다. 도움을 받았다는 게 부끄러웠던 것이다. 은숙이 외삼촌이 호기의 마음을 알고 얼른 말했다.

"그럼 우린 가겠다. 어려운 일이 있을 땐 은숙이에게 이야기해라. 신세 진다고 생각 말고."

"호기야, 잘 자. 고집쟁이."

은숙이 눈을 찡긋거리며 손을 들어 보였다.

기쁘다. 사람은 절대 혼자 살 수 있는 게 아니라고 호기는 그들이 어둠 속으로 사라지는 것을 보며 생각했다.

호기는 다시 이불 속으로 들어갔다.

'이건 류 선생님 이불인데, 낮에 내가 덮던 이불이야. 선생님은 그럼 무엇을 덮으실까?'

류 선생님 얼굴이 떠올랐다. 호기가 이곳을 떠나던 해에 오셔서 잠깐 담임을 맡으셨지만, 호기는 류 선생님을 무척 따랐었다.

"호기야, 도시에 나가더라도 꼭 편지해야 한다. 공부 열심히 하고. 일기 쓰는 것도 잊지 마."

버스 정류장까지 나와서 이야기해 주던 선생님. 그러나 호기는 한 번도 편지를 쓰지 못했다. 생각은 하면서도 손이 가지 않았던 것이다.

호기는 쓰다가 만 편지를 끝맺었다. 주소는 내일 주민등록증에서 보면 될 것이고 봉투는 학교 앞 가게에서 사면 될 것이다.

밤이 깊었다. 호기는 불을 껐다. 어느새 방바닥이 따뜻해져 있었다. 스르르 잠이 왔다.

다시 찾아온 아침. 호기는 부엌으로 갔지만 어떻게 아침을 준비해야 할지 알 수가 없었다.

'혼자 사는 게 쉬운 일이 아니야. 앞으로 어쩌지? 선생님이나 창숙이 이모가 같이 살자 할 때 못 이긴 척 같이 살 걸 그랬나?'

호기는 아침 짓기를 포기했다. 아침은 우선 학교 앞 가게에서 빵을 사 먹기로 했다.

'당분간은 빵으로 끼니를 때우면서 밥하는 것을 익혀 나가자. 다행히 오늘이 토요일이니 일찍 와서 연구해 보자.'

호기는 아침을 짓는 대신 감나무 그늘을 파헤쳐 주민등록증을 꺼냈다. 광주시 동구 불로동…….

'광주 사람이구나. 김진홍 아저씨.'

비닐에 싼 만 원짜리도 한 장 꺼냈다. 더 이상 돈을 쓰지 않겠다고 했지만 당분간 빵을 사 먹으려면 돈이 있어야 했다.

'돈을 잃어버려서 광주에 못 내려갔으면 어쩌지?'

다시 흙을 덮고 나서 호기는 책을 챙겼다. 그릇을 쌌던 보자기에 책과 학용품을 챙긴 호기는 집을 나섰다.

'학교 동네에 가서 봉투를 사자. 주소는 여기 주민등록증에 있으니까 되었고. 그렇지! 주민등록증은 조그마하니까 봉투 속에 넣도록 하자.'

신기한 것을 발견한 듯 호기는 혼자 눈을 찡긋거렸다. 주운 주민등록증은 우체통에 넣으면 된다는 걸 호기는 몰랐던 것이다.

안개는 점점 짙어지는 것 같았다. 그러나 어제처럼 춥지도, 무섭지도 않다. 불안하게 사방을 보던 어제의 눈빛도 아니었다.

얼마쯤 걸었을 때 갈림길이 나왔다. 서쪽으로 꺾으면 거지밭이고, 밑으로 쭉 내려가면 학교였다.

거지밭 쪽을 한 번 쳐다보았다. 어제까지만 해도 그곳은 호기에게 아무 상관도 없는 곳이었다. 그러나 지금은 은숙이가 사는 동네였다.

부지런히 걷기 시작했다. 류 선생님과 새 담임 선생님에게 감사의 인사를 드려야겠다는 생각이 문득 떠오른 것이다.

'아이들이 오기 전에 편지 봉투를 써야 해.'

이런 생각을 하며 걷는 그 시간에 거지밭에서는 은숙이 집을 나서고 있었다. 호기 혼자 내버려두기가 아무래도 마음에 걸렸던지 은숙이 외삼촌이 말을 꺼냈고 외할아버지가 재촉했다.

"그래, 은숙아, 얼른 가서 호기 데리고 오너라. 아침이나 같이 먹자."

할아버지를 거역할 수는 없다. 결코 가까운 거리도 아니었고 친한 친구도 아니지만 은숙은 집을 나섰다. 외삼촌이 앞치마를 두르며 손을 흔들었다.

외삼촌이 부엌일을 할 때마다, 은숙은 마음이 불편했다. 외삼촌을 도와야 한다고 마음은 먹지만 서울에 살 때 손에 물을 묻혀 보지 않던 은숙은 마음뿐이지 음식 만드는 일에 나서지지 않았다. 언젠가 서울에서 내려온 외삼촌 친구가 "아니, 자네 밥 짓고 농사지으려고 그 비싼 공부를 했나?" 하고 나무랐지만, 외삼촌은 조금도 부끄러워하는 눈치가 아니었다.

"나 같은 바보가 더 많이 나와야 우리 농촌도 사람이 늘지. 큰일 났어. 모두 도시로만 빠져나가니 말이야." 하던 외삼촌이었다.

은숙은 갈림길에서 다시 호기가 사는 돌마당으로 향했다. 안개는 여전했다.

은숙에게 안개는 늘 두려움과 망설임을 안겨 주었다. 항상 누군가가 뒤따르는 것 같고, 누가 불쑥 앞에서 나타날 것만 같았다. 아름다운 들꽃들도 숨어 있지만 들짐승들도 안개는 숨겼다. 그리고 뱀.

서울에서 전학 온 은숙은 자주 뱀과 만났다. 특히 안개가 낀 날 기어 나오는 뱀은 까무러칠 것처럼 무서웠다.

'어떻게 저 긴 막대 같은 것에 하느님은 목숨을 주셨을까?'

은숙은 뱀이 숨어 버린 풀숲을 보며 생각하곤 했다.

"호기야! 호기야!"

은숙은 호기네 마당에 들어서며 소리쳤다. 대답이 있을 리 없었다.

"호기야!"

그제야 은숙은 댓돌 위에 신발이 없다는 것을 깨달았다. 방문은 쉽게 열렸다. 깨끗이 정돈되어 있는 방. 호기는 없었다. 부엌도 비어 있었다. 아침밥을 지은 흔적은 어디에도 없었다.

'어디 갔지? 할아버지와 외삼촌이 아침을 해 놓고 기다리는데. 벌써 학교에 갔나? 아침밥도 안 해 먹고. 어제 그처럼 당당하게 소리치더니.'

마당을 나오자 비로소 빈집들이 은숙이 눈에 들어왔다. 안개로 몸을 가린 집은 모두 은숙을 노려보는 듯했다.

무섭다. 은숙은 뛰기 시작했다. 빈집들을 벗어나 다시 거지밭으로 오르는 길까지 왔을 때 석 노인의 모습이 떠올랐다. 석 노인은 거지밭에서 다시 올라간 동네에서 혼자 살았었다. 동네 사람들은 물론이고 아들과 손자들까지 도시로 떠난 빈 동네를 혼자 지키고 있었다. 도시로 떠난 아들과 손자들을 보고 싶어 하며 지금은 안개 속에 묻혀 있다.

은숙이 할아버지와 외삼촌이 가끔 찾아가 돌봐 드렸고, 은숙도 음식 심부름을 하며 친해졌다. 그날은 일요일 점심 무렵이었다. 은숙은 김치통을 들고 할아버지 댁으로 가다가 길에 쓰러진 할아버지를 보았다.

"할아버지 정신 차리세요. 할아버지!"

할아버지의 마지막을 지킨 것은 은숙이었다. 젊은 아들은 너무 먼 도시에 있었다.

"……얘야, 나는 너에게 아무것도 주지 못할 뻔했구나. 내 집 뒤에 큰 느티나무가 있지? 거기서 서쪽으로 똑바로 걸어가면 큰 바위가 있다. 그 바위 밑에 나는 아내가 귀하게 여기던 것들을 묻어 두었다. 그걸 너에게 주마. 값진 것들이 많다. 꼭 네가 가져라."

석 노인의 장례는 은숙이 할아버지와 외삼촌이 치렀다. 도시로 나간 아들이 어디에 사는지 몰라 연락할 수가 없었다. 가까스로 연락이 닿아 아들이 달려왔을 때는 할아버지가 돌아가신 지 이미 한 계절이 지난 후였다.

은숙은 아직껏 그 바위 밑을 파 보지 못했다. 혼자서는 엄두가 안 났고 할아버지의 말이 믿어지지도 않았다. 얼마나 값나가는 것들을 숨겨 두었는지 은숙은 알 수가 없었다. 석 노인 생각을 하면 아버지 어머니 얼굴이 저절로 떠올랐다. 은숙이 아버지와 어머니는 남의 돈을 빌려 오기 위해 부자 행세를 했고, 부자 행세를 더 잘하기 위해 다시 더 많은 돈을 끌어들인 아버지 어머니였다. 그 돈으로 도박을 했고 어머니가 잡혀가기 전에 아버지는 어디론가 사라져 버렸다. 속여서 남의 재물을 끌어들인 은숙이 부모와 귀한 거라며 아낌없이 내준 석 노인은 전혀 다른 삶을 사는 사람이었다. 자꾸 비교되었다. 그러면서도 '그걸로 어머니 아버지를 구할 수 있다면 얼마나 좋을까.' 하는 생각을 하곤 했다.

보고 싶다. 수갑 찬 모습을 텔레비전으로 보이고만 부끄러운 어머니지만, 은숙이 남매를 그대로 둔 채 어디론가 사라져 버린 아버지지만, 두 분 모두 보고 싶었다.

'고모가 데리고 간 은철이는 이제 3학년이 되었겠지.'

어머니에게 돈을 빌려주었던 많은 사람들이 집안으로 몰려와 값진 것들을 함부로 차지해 버렸을 때 경찰이 들어섰다. 경찰은 은숙이 남매를 파출소로 데리고 갔다. 파출소 숙직실에서 새우잠을 자고 났을 때 고모가 와서 은철이를 데리고 갔다.

"고모 같이 가. 무서워."

은숙이 소리쳤다.

"이 옷 놓지 못하겠니! 곧 너의 외삼촌이 올 거야."

외삼촌은 해가 높이 솟은 다음에야 나타났다.

외삼촌을 따라 이곳에 온 지 벌써 1년이 지났다. 피아노를 치던 손으로 염소풀을 뜯고 담뱃잎을 땄다.

'할아버지가 바위 밑에 숨겨 둔 것들이 어머니를 구할 수 있을 만큼 값나가는 것들이라면 얼마나 좋을까.'

그럴 리가 없다. 은숙은 고개를 흔들어 버렸다.

## |새 친구|

선생님의 목소리가 들리지 않았다. 전학 온 아이가 되어 인사를 하고 새 자리에 앉은 호기의 귀에는 아무 소리도 들려오지 않았다.

'어째서 이처럼 교실이 넓어 보일까?'

선생님의 눈길을 피해 교실을 둘러보았다. 옛 친구들이 앉아 있고 예전과 같은 교실인데 호기의 눈에는 휑뎅그렁했다. 왜 그럴까? 호기는 고개를 갸웃거렸다.

'아, 책상이 한 줄 없어졌구나. 내가 있을 때는 4분단이었어.'

그동안 많은 아이들이 도시로 떠났다. 남은 아이는 스물네 명,

책상 줄은 석 줄뿐이었다.

셋째 시간을 마치는 종이 울렸을 때 호기는 운동장으로 들어서는 집배원 아저씨를 보았다. 아이들이 집배원 아저씨를 환영하듯 여기저기서 나오고 있었다.

조금도 변하지 않았다. 골짝 골짝마다 우편 자전거를 몰고 가기엔 너무 힘들다. 골짜기에 사는 아이들을 찾아 우편물을 전하는 것이다. 어떤 아이들은 성급하게 소리치기도 했다.

"아저씨요, 우리 집에 편지 안 왔어예?"

아이들은 중요한 등기 우편물까지 제가 전하고 싶어 했다. 그럴수록 집배원 아저씨 얼굴엔 기쁜 웃음이 넘쳤다.

"금곡 이장님네 신문 줘예."

미자는 교실 창틀에 매달려 소리쳤다.

호기가 운동장으로 나갔을 때 벌써 많은 아이들이 집배원 아저씨를 둘러싸고 있었다. 우체국이 없는 이곳에선 대개 집배원 아저씨 편에 편지를 보냈다. 아이들은 봉투와 30원씩을 내밀며 말했다.

"아저씨, 잘 부쳐 줘예."

집배원 아저씨는 바쁘게 아이들의 편지를 거둬들였다.

"그래, 그래. 가정지, 가정지 사는 아이들 없나?"

아저씨가 신문 뭉치를 흔들며 소리쳤다. 산골에서는 신문도 모두 우편으로 배달되었다.

"아저씨, 중요한 편지입니다. 꼭 부쳐 줘요."

호기는 집배원 아저씨에게 편지를 부탁하고 돈을 드렸다. 집배원 아저씨는 씩씩하게 자전거를 타고 운동장을 빠져나갔고 시작종이 울렸다. 복도로 들어서려는데 은숙이 호기 앞을 막으며 재빠르게 말했다.

"호기야, 점심시간에 학교 뒷동산에서 기다려 줘. 꼭 기다려야 해."

호기는 고개를 끄덕였다.

오전 수업으로 끝나는 토요일. 교실 청소를 마치고 학교 뒷동산으로 갔을 때 은숙은 이미 풀밭에 앉아 기다리고 있었다.

"오래 기다렸나?"

생각과는 달리 무뚝뚝한 사투리가 호기 입에서 나왔다. 그늘이 진 숲속은 침침하지만 아늑해 보였다.

"아니, 이제야 청소 끝내고 왔어. 뒤뜰 청소." 하며 은숙은 책가방을 풀었다. 도시락 두 개가 나왔다.

"자, 니 점심."

은숙이 말했다. 뜻밖의 사람으로부터 선물을 받으면 기쁨보다 당황하게 된다.

"호기야, 이거 너 먹으라고 우리 외삼촌이 만든 거다. 한번 먹어 봐."

호기는 선뜻 받지 못했다. 얼떨떨한 얼굴로 서 있는데 은숙이 다시 말했다.

"너 배 안 고프니?"

"응, 아직…….”

"거짓말!"

은숙이 눈을 흘겼다. 바람이 두 아이의 근처로 풀 냄새를 몰고 왔다. 무슨 냄새일까, 꽃향기도 섞여 있었다.

"네 얼굴에 '아이, 배고파.'라고 쓰여 있는데?"

"정말이락캉께."

"자, 어서 먹어. 나 다 알아."

"뭘?"

"네가 아침밥도 안 해 먹고 날이 새기가 무섭게 학교에 온 거."

"어떻게 그걸 아노, 니가?"

호기의 얼굴이 붉어졌다.

"사실은 너 데리러 돌마당에 갔었어. 이른 새벽에."

"왜?"

"우리 외삼촌이 나보다 널 더 좋아하니까 그 안개 속으로 날 내몰았지 뭐. 아침에 굉장했었어. 나더러 널 데려오라고 해 놓고 할아버지랑 외삼촌이 음식을 만들었거든."

호기는 그제야 도시락을 받았다.
"우와! 굉장하네. 이거 어제 그 아저씨가 만들었다 말이가?"
하얀 쌀밥 속에 박혀 있는 팥이 빨갛게 돋보였다. 먹음직스럽다. 반찬도 여러 가지가 담겨있었다. 암만 생각해도 어제 그 아저씨의 솜씨라고는 믿어지지 않았다. 그처럼 큰 남자가…….
"정말 너거 외삼촌은 날 좋아하나 보다."
고픈 배가 채워지면서 호기는 말이 많아지고 있었다.
"어째서?"
"아저씨도 남자고 나도 남자니까."
"난 또 뭐라고."
두 아이는 마주 보며 깔깔 웃었다. 어디선가 꿩이 꿩꿩 울고 있었다. 호기는 바쁘게 손을 움직였다.
"그렇게 맛있니?"
"응, 너도 어서 먹어. 너 주라고 우리 아저씨가 싼 거니깐."
호기는 은숙이 외삼촌을 '우리 아저씨'라고 불렀다. 은숙이는 입을 삐쭉거리고 나서 숟가락을 잡았다. 그리고 경쟁하듯 바삐 손을 움직였다.
점심을 먹고 나서 호기와 은숙은 집을 향해 걷기 시작했다. 토요일 오후의 햇살이 푸르게 빛났다. 무성하게 자라기 시작한 나뭇잎과 풀들이 바람이 지날 때마다 몸을 흔들었다.

"호기야, 너 어젯밤 안 무서웠니?"

어느새 오르막길이었다.

"무섭긴. 사내대장부가."

"피, 우리가 어젯밤에 갔을 때는 벌벌 떨었으면서."

은숙은 부러 새침을 떨었다.

"사실은 무서웠어. 그렇지만 차차 나아질 거야. 나는 사내니까 말야."

"사내 사내 하지 마. 나도 혼자 잘 수 있어."

"정말?"

"그럼. 잠잘 때는 다 혼자 자지, 뭐 손잡고 자나?"

"뭐? 넌 그러고 보니까 말쟁이구나."

"말쟁이?"

"응. 말을 잘해서 말쟁이."

"그럼 넌 용감쟁이니? 난 심술쟁이란 말은 들어 봤어도 말쟁이는 첨이다."

어느새 갈림길 앞에 섰다. 은숙은 호기 때문에 지루하지 않고 무섭지도 않게 왔다고 생각했다.

'좋은 친구를 얻었어.'

호기도 같은 생각을 하고 있었다.

'정말 잘되었어. 돌마당 아이들이 모두 떠났기 때문에 나 혼자

학교 다니려면 너무 심심해. 은숙이하고 여기서 만난 것은 참 다행한 일이야.'

'호기는 참 외로울 거야. 그렇지만 전혀 그런 얼굴이 아니야. 호기는 슬프지만 참고 있을 거야. 나도 참아야 해. 나는 그래도 호기보다는 나아. 할아버지도 계시고 외삼촌도 계시니까.'

이제 헤어져야 한다. 호기가 머뭇거리다가 입을 떼었다.

"은숙아!"

"왜?"

"너거 외삼촌에게 고맙다고 전해 줘. 우리 아저씨께 말이야."

"우리 아저씨? 암만 널 좋아해도 우리 외삼촌이야."

"그래그래. 너희 외삼촌. 그럼 잘 가제이."

"아 참, 호기야."

갈림길로 걸어가다 말고 은숙이 다급하게 말했다.

"왜?"

"월요일부터 학교에 갈 때 여기서 기다려 줄래? 요즘 안개가 끼어서 혼자 가기가 무서워서 그래. 내가 먼저 내려오면 여기서 기다릴게."

"알았어. 늦지 말아. 넌 늦잠꾸러기처럼 생겼어."

"알았어. 잘 가."

"잘 가제이."

호기는 휘파람을 불며 좁은 길을 걷기 시작했다. 발걸음이 가뿐했다.

'아니?'

호기는 마당에 들어서다 말고 멈칫했다. 마당에는 풀이 하나도 없었다. 그리고 방은 깨끗이 도배되어 있었고 마당 구석에는 마른 나무들이 차곡차곡 쌓여 있었다. 꼭 남의 집에 들어선 것 같았다.

'도대체 이게 어찌 된 일이람? 누가……?'

그러나 모든 것은 이내 밝혀진다. 방바닥에는 종이 한 장이 펴져 있었다. 정성껏 쓴 글씨였다.

호기야.
오늘 점심 잘 먹었니? 은숙이 할아버지하고 다녀간다.
나무를 조금 해 놓았다. 아껴서 때면 한참은 쓸 수 있을 것이다.
그리고 방 도배는 학교 김 주사 아저씨가 한 것이다. 우리가 나무를 해 가지고 들어서 보니 김 주사께서 도배를 하고 계시더라.
도배지는 교장 선생님께서 사 주신 거란다. 학교에 가거든 고맙다고 인사해라. 그리고 셋이서 마당을 좀 치웠다.

편지를 다 읽고 났을 때 호기 눈시울이 뜨거워졌다. 누가 욕을 한 것도 아니고 때린 것도 아닌데, 눈물은 볼을 타고 끝없이 내려왔다. 눈물을 멈추게 하는 약은 모진 마음. 호기는 밖으로 나왔다. 집 안팎이 다 깨끗하게 정리되어 있었다.

'잘해야 돼.'

새삼스러운 결심을 했다.

"야호!"

산을 향해 소리를 질렀다.

좋은 일은 그것으로 끝이 아니었다. 창숙이 이모 부부가 리어카를 끌고 나타났다. 살림에 필요한 도구들과 밑반찬들이었다. 크지 않은 찬장까지 부엌에 설치해 주었다.

호기는 창숙이 이모가 가져온 석유풍로로 밥 짓는 법을 배우고 부엌살림을 어떻게 하는지도 하나하나 익혔다. 호기는 비로소 혼자 살 수 있는 힘을 가지게 되었다.

"호기야, 내가 자주 들여다볼 테니까 걱정하지 말고, 아프지 마. 반찬은 내가 해서 이 찬장에 넣어둘 테니까 찾아 먹고. 알았지? 그리고 살다 정 힘들면 우리 집으로 들어와. 고집 부리지 말고."

창숙이 이모 부부는 해가 떨어지자, 저녁상을 차려 주고 빈 리어카를 끌고 집을 나섰다.

# |이른 아침의 충격|

 모내기가 시작되면서 사람들이 많이 사는 학교 마을도 텅텅 비기 시작했다. 호기와 은숙은 아침마다 그 마을에 들어서며 여기저기서 놀고 있는 아이들을 보았다. 바쁜 어머니들이 아침 세수도 시키지 못하고 들로 나갔기 때문이다. 이제 막 걸음마를 배운 아기가 맨발로 아장아장 걷는 것도 보았다.
 어느 집이나 일손이 모자랐다. 일할 수 있는 젊은이들을 도시에 빼앗긴 마을은 바쁜 농사철을 맞아 쩔쩔매고 있었다.
 "나중엔 누가 남을까? 이 동네에."
 은숙이 학교 마을로 들어서며 말했다. 등굣길이었다.

"나이 많은 사람들만 남을 것 같아."

호기가 말했다. 골목 저쪽으로 책가방을 든 아이들이 사라졌다. 이 기다란 골목을 지나면 마을을 가로지르는 시내. 그리고 그 시내를 건너면 학교다.

"우리 할아버지도 외삼촌이 결혼 못할까 봐 걱정해. 농촌에는 시집오려는 사람이 없대. 그래서 할아버지는 틈만 나면 잔소리해. 서울 가서 장가 간 다음 들어오라고."

"그럼 색시 얻으러 서울 보내려는 기가?"

"얘, 소리치지 마."

은숙이 눈을 흘겼다. 동쪽 미루나무 숲 위로 붉은 해가 얼굴을 내밀고 있었다.

그럴 것이다. 사람들은 모두 촌에 사는 것을 싫어했다. 아이들도 크면 도시로 떠나갈 것이고 지금 남아 있는 어른들만 어쩌지 못하고 이 골짜기를 지킬 것이다. 그리고 그들마저도 늙어 세상을 떠난 후엔 누가 남을까……

마을을 벗어났다. 긴 끈처럼 반짝거리며 흐르는 내를 건너자 이내 학교가 나타났다.

유월은 더욱 푸르러져 갔다. 아이들은 틈만 있으면 딸기를 따기 위해 산으로 들어갔다. '잎새 뒤에 숨어 익은 산딸기'를 소리

높여 부르며 산으로 들어갔다. 딸기 덩굴이 있는 곳엔 보석 같은 빨간빛 딸기가 있었다.

일요일, 다른 아이들은 농사일을 돕느라 바쁘지만 호기에게 일을 시킬 사람은 아무도 없었다.

아침을 지어 먹고 뒷산으로 올라갔다. 류 선생님이 산딸기를 좋아하신단 이야기를 듣고 산딸기를 따다 드려야겠다고 생각한 것이다.

'선생님도 아버지처럼 술을 좋아하실까?'

아버지 얼굴이 떠올랐다. 해마다 산딸기 술을 담가 놓고 친구분들을 부르던 아버지였다.

'딸기를 많이 따서 담임 선생님께도 드려야 해.'

뚜껑 없는 주전자에 산딸기를 따 넣으며 호기는 점점 숲으로 들어섰다. 부지런히 손을 놀린다. 쨍쨍한 햇볕이 나뭇잎을 타고 숲속으로 떨어지고 있었다. 이마에 돋아난 땀을 훔치고 나서 호기는 한 움큼의 딸기를 입에 넣었다. 익을 대로 익은 딸기의 맛은 그만이다. 산속의 맑은 것만을 빨아들여서 그럴까? 시면서도 달짝한 향기가 온몸으로 퍼졌다.

'쉿!' 풀숲을 헤치는데 누가 낮은 소리로 호기의 움직임을 정지시켰다. 호기는 뒤로 물러섰다. 몸이 굳어졌다. 주전자를 든 손이 바르르 떨렸다. 호기는 겁먹은 눈으로 사방을 둘러보았다. 보이는 것은 푸른빛과 그 푸른빛을 받들고 선 나무 기둥뿐이었다.

호기는 비로소 숲속이 깊은 고요 속에 빠져 있다는 것을 느꼈다. 자지러지게 들려오던 새소리도 들려오지 않고 바람도 모두 숲을 떠났는지 풀잎 하나 흔들리지 않았다.

'내가 잘못 들었나?'

호기는 다시 키만큼 자란 풀을 헤쳤다.

'쉿!' 하고 다시 소리가 났다. 호기는 뒤로 자빠질 만큼 놀랐다. 어디선가 '시시' 하고 풀잎 헤치는 소리 같은, 어쩌면 누가 낮게 기어가는 듯한 소리가 났다. 호기는 다시 이리저리 고개를 돌렸다.

'사람이다!'

가슴이 철렁 내려앉았다. 얼굴이 까맣고 빼빼 마른 아저씨. 사람을 만났는데 왜 이리 가슴이 뛸까. 그 아저씨는 한 손을 들어 호기에게 가만히 있으라는 듯 손짓해 보였다. 다른 손에는 나무집게를 들고 있었다. 그리고 풀숲 어딘가를 뚫어지게 내려다보고 있었다.

'도대체 뭘 하는 걸까?'

갑자기 아저씨가 몸을 움직였다. 재빠르고 조심스럽게 나무집게로 땅을 눌렀다.

"이제 괜찮아. 와서 구경해."

그가 환한 얼굴로 말했다. 그가 누르고 있는 것은 뱀이었다. 나무집게로 커다란 구렁이의 머리를 집어 꾹 누르고 있었다.
호기는 멍하니 그를 쳐다보았다. 그는 뱀을 집어 올렸다.
"하하하……."
그가 뱀을 비료 부대에 넣다 말고 호기 앞으로 내밀었다.
기겁해 주저앉는 호기를 보고 아저씨는 껄껄 웃었다. 호기 머리 위에서 뱀이 혀를 내밀며 허공을 찔러댔다. 호기는 머리를 감싸 쥐고 눈을 감아 버렸다. 이 무슨 해괴망측한 짓이람. 무서웠지만 화가 났다.
"됐어, 이제. 내가 너무 심했었나? 자 어서 딸기를 따."
호기는 고개를 들고 그를 찬찬히 보았다. 그의 얼굴이 뱀처럼 보였다. 호기는 풀밭에 세워진 헌 비료 부대를 보았다. 두 겹의 두꺼운 비닐 부대가 들썩거렸다. 속에서 뱀이 꿈틀거리는 증거였다.
"이 속에 뱀이 다섯 마리나 있어."
아저씨가 자랑스럽게 말했다. 뱀잡이에 관한 이야기는 들었어도 직접 이렇게 만나 보기는 처음이었다.
아저씨가 제 물건인 듯 호기의 산딸기 주전자에 손을 넣어 한 움큼 집더니 입에 털어 넣었다.
"잘 익었네. 너 마을에 가서 술 한 병 사 올래? 그럼 내가 딸기 많은 데를 가르쳐 주지."
"그럴 시간이 없어요!"

호기는 화가 나서 소리쳤다. 딸기를 따고 나서는 대청소도 할 계획이었다. 가는 데만도 한 시간이 더 걸리는 마을까지 가기도 귀찮았지만, 뱀을 집어 올리며 겁주는 사람, 남의 딸기를 함부로 먹어 버리고도 조금도 미안해하지 않는 사람의 심부름을 하고 싶지가 않았다.

불쑥 아저씨가 호기 앞으로 돈을 내밀었다. 빳빳한 새 돈이었다.

"자 2천 원이다. 소주 한 병하고 쥐포 두 마리만 사 오너라. 나머지는 심부름 값."

"예?"

점점 기분이 나빠졌다. 그냥은 가 줄 수 있어도 돈을 받고는 갈 수 없다. 거지 같은 기분이 들었다.

"너, 아까 보았지? 내가 잡은 그 뱀 6만 원짜리야. 그런 것만도 오늘 세 마리 잡았어. 그래서 기분이 썩 좋다 이거야. 내가 여기서 한잠 자고 있을 테니 술 좀 사 가지고 와."

'이상한 사람이야. 돈이면 모든 걸 할 수 있다는 듯이 이야기하네. 정말 뱀값이 그렇게 비쌀까? 한 마리에 6만 원이락카믄 18만 원 아닌가? 이 아저씬 금방 18만 원을 벌었네.'

호기는 문득 생각난 듯이 입을 떼었다.

"아저씨, 아저씬 어디서 오셨나요?"

"대전."

"대전요?"

"그래. 내 안 가 본 곳이 없다. 이곳에 뱀이 많다기에 며칠 전에 뱀을 잡으러 왔어. 그러나 내가 잡으려는 것은 아직 나타나지 않았어."

"아저씬 무엇을 잡으려 하는데요?"

"흰 뱀."

"흰 뱀요?"

"응. 그것 하나만 잡으면 나는 뱀잡이를 그만두겠다. 너 흰 뱀이 얼마인지 아니?"

"얼만데예?"

"임자만 잘 만나면 천만 원도 넘게 받을 수 있어."

호기는 입을 다물지 못했다. 천만 원. 얼마나 많은 돈일까? 그리고 그렇게 많은 돈을 주고 뱀을 사는 사람은 또 얼마나 돈이 많을까? 문득 감나무 밑에 묻어 둔 돈이 떠올랐다. 만 원짜리 한 장이 더 있어야 주인을 찾아 줄 수 있는 돈. 뱀 세 마리의 값도 안 되는 것이었다.

"아저씨, 제가 뱀을 찾아내면 얼마 주실래요?"

"네가?"

"예."

"흰 뱀? 네가 백사를 찾아내?"

"아무거나요."

"시간 없다 하더니 갑자기 돈을 벌고 싶나? 머리에 피도 안 마른 게."

"어풍(얼른) 대답해 봐예. 돈 줄 끼라예?"

"삼분의 일을 주지."

아저씨는 인심 쓰듯이 대답했다.

"좋아요, 아저씨. 술은 나중에 잡수시고, 6만 원짜리 하나만 더 잡고 가세요."

"하! 하! 그래 좋다."

아저씨가 다시 손을 넣어 딸기를 집어 갔다. 아까처럼 조금도 미안해하는 표정이 아니었다.

'미워도 내가 좀 참아야 해. 큰 뱀 한 마리를 찾아내어 돈을 받아야 해. 그렇게 해서라도 그 돈을 채워야 해.'

아저씨가 다시 딸기 주전자 속으로 손을 넣었다.

"야, 그것참 맛있다. 너 이 딸기 모두 나에게 넘길래? 3천 원 줄게."

정말 모든 것을 돈으로 해결하려는 아저씨다. 호기는 다시 비위가 거슬렸다.

"안 돼요. 이건 쓸 기라요. 오늘 안으로 두 주전자를 채워야 해요."

"조그만 게 욕심꾸러기구나. 좋아. 내가 같이 따 주지."

아저씨는 재빠르게 손을 놀리기 시작했다. 이상하다. 호기는 고개를 갸웃거렸다. 돈만 아는 매정한 사람 같으면서도 인정이 숨어 있는 것 같은 사람이었다.

호기보다 아저씨의 눈이 더 밝은 모양이었다. 빠르게 주전자가 채워지고 있었다. 아저씨는 독사 한 마리까지 잡아넣었다.

'미우면서도 이상하게 맘에 드는 아저씨야.'

호기는 딸기보다는 뱀을 찾는 데 더 신경을 쓰고 있었다. 그러나 뱀은 보이지 않았다. 아저씨는 뱀보다는 딸기 따는 데 정신을 쏟는 것 같았다. 호기보다 딸기를 더 많이 땄다.

어느새 주전자가 가득 찼다. 숲이 하늘을 가렸지만 해가 어디쯤 있는지 호기는 알 수 있었다. 하늘 복판. 뜨거운 햇살이 머리 바로 위에서 쉬지 않고 떨어지고 있었다.

"아저씨, 고마워예. 돈 줘예. 술 사 가꼬(가지고) 오거로요."

호기는 진심으로 감사했다. 이렇게 빨리 딸기 주전자가 채워지리라곤 생각조차 못 했다. 점심을 먹고 다시 산에 와도 한 주전자를 더 딸 수 있을 것이다.

"아니다. 나도 그만 내려가야지. 너도 집에 가야지? 어른들이 기다릴 텐데."

"예?"

호기는 흔들리는 마음을 감추기 위해 냉큼 딸기 한 줌을 집어 입에 넣었다.

"부모님이 안 계시니?"

아저씨가 말했다. 이상한 아저씨다. 어떻게 그걸 단번에 알아볼까? 호기는 새삼스럽게 그를 쳐다봤다.

"누구랑 사니?"

비밀스러운 이야기를 하듯 그가 낮은 소리로 물었다.

"혼자요."

참 이상한 일이다. 호기는 처음 보는 아저씨에게 모든 걸 털어놓았다. 감나무 밑에 돈을 묻은 것까지도 다 털어놓았다.

"그럼 돈을 벌어서 그 돈을 채울 거니?"

호기는 고개를 끄덕였다.

"너 참 장하다. 어떠니? 너 나하고 같이 안 가련? 난 너 같은 아들이 하나 있으면 좋겠다고 늘 생각했었거든."

호기에겐 이상하게 사람을 끄는 힘이 있는 모양이었다. 누구나 호기를 데리고 있고 싶어 했다.

"싫어요."

고개를 흔들던 호기가 갑자기 눈을 빛내며 한 발짝 물러서서 소리쳤다.

"아저씨, 저기, 저, 딸기 덩굴 밑에……."

호기는 말을 더듬었다. 뱀. 말을 더듬게 할 만큼 큰 뱀이었다. 천천히 푸른 풀잎에 몸을 가리며 나오고 있었다.

"쉿!"

아저씨가 나무집게를 들어 올렸다. 재빠르고 정확하게 뱀의 머리를 눌렀다. 공격을 당한 뱀은 화들짝 몸을 오므리며 비비 꼬았다. 어마어마하다. 굵고 반들거리는 뱀은 징그럽고 무서웠다.

"히히히……."

큰 뱀을 잡은 기쁨을 아저씨는 웃음으로 나타냈다. 무척 기분 나쁜 웃음이었지만 더없이 만족스러운 얼굴이었다.

"굉장하다. 너에게 3만 원을 주마. 하하……."

'3만 원? 그럼 9만 원짜리 뱀이네. 만 원을 채워 놓고도 2만 원이 남아.'

아저씨가 뱀을 들어 올렸다. 아저씨 손이 팽팽해졌다. 뱀은 끝까지 몸부림을 치며 집게에서 빠져나오려 했다.

"가자, 이제. 오늘은 그만 내려가서 술이나 한잔하고 쉬어야겠다."

뱀을 비닐 부대에 넣으며 아저씨가 말했다. 호기에게 불쑥 만 원짜리 석 장을 내밀었다.

"자, 3만 원."

"아니라예. 만 원만……."

"아니다. 나는 네가 참 마음에 든다. 나중에 다시 오마. 8월에 방학하지? 그때 같이 뱀을 잡으러 다니자. 내가 너에게 뱀 잡는 기술을 가르쳐 주마."

아저씨는 끝내 3만 원을 호기 주머니에 찔러 넣었다.

두 사람은 산에서 내려가기 시작했다. 그림자들이 짧게 나무 밑으로 기어들고 있었다.

어느새 돌마당으로 들어섰다.

"아저씨, 여기가 우리 집이라예."

"아주 좋은 곳에 집을 지었구나. 감나무, 대추, 호도, 이런 것들만 따도 네 1년 양식을 살 수 있겠다. 그럼 난 이만 간다. 도가뜸, 운전사들이 밥을 먹는 집에 머물고 있으니까, 저녁에 놀러 와. 밤에 심심하거든."

그날 오후 산딸기 선물을 받은 담임 선생님과 류인기 선생님은 무척 기뻐하셨다. 호기는 다음 토요일에도 딸기를 또 따다 드려야겠다고 생각했다.

그날 밤 호기는 편지를 썼다. 이제 드디어 만 원짜리 열여섯 장이 채워진 것이다.

'아저씨 안녕하세요?'

호기는 첫인사를 썼다.

산바람이 심하게 불었다. 바람은 산을 미끄럼 타고 내리며 호기네 문을 흔들어 댔다. 무섭다. 호기는 무서움을 이기기 위해 편지에 온 마음을 쏟았다.

이튿날 아침 호기는 부랴부랴 아침 준비를 했다. 석유풍로 불을 작게 줄이고 뜸을 들일 동안 지갑을 꺼내야겠다고 생각하며 감나무 밑으로 갔다. 이제 열여섯 장의 돈은 주인을 찾아갈 것이다.

'아니?'

호기의 가슴이 철렁 내려앉았다. 분명히 돈을 묻은 자리가 파헤쳐져 있었다. 누군가가 손을 본 것 같았다. 호미를 찾을 새도 없이 호기는 손으로 흙을 파헤치기 시작했다.

'없다. 돈이 없어. 이게 어찌 된 일이지?'

아무리 파헤쳐도 돈을 싼 비닐봉지는 나오지 않았다. 돈을 묻을 때보다 더 깊숙이 파헤쳤다. 손끝이 아파졌다. 그때 문득 떠오르는 얼굴.

'뱀잡이 아저씨!'

호기가 냅다 뛰기 시작했다. 이미 밥 타는 냄새가 집 안 가득 자고 있었지만, 밥냄비에 신경을 쓸 때가 아니었다.

'아는 사람은 그 아저씨뿐이야. 도가뜸에 가면 만날 수 있어. 운전사들이 식사하는 집이라고 했지.'

갈림길까지 뛰었을 때 은숙이 얼굴이 '정지!' 하며 나타났다.

은숙이가 호기를 기다린 것으로 봐서 벌써 학교에 갈 시간인 것이다. 호기는 숨을 헐떡이며 재빠르게 말했다.

"은숙아, 내 책보 좀 부탁해. 우리 집에 가서 좀 가지고 내려와."

은숙이 대답도 듣지 않고 내달았다.

도가뜸에 도착했을 때 버스가 부릉거리며 출발했다. 장날인지 많은 사람이 타고 있었다.

"아지매예, 여기 운전사들이 식사하는 집이 어디라예?"

호기는 숨을 고르지 못한 채 말했다. 아기를 업은 아주머니였다.

"와? 우리 집인데."

"뱀 잡는 아저씨, 뱀 잡는 아저씨!"

호기는 숨이 차서 말을 잇지 못했다.

"장 씨 말가? 대전 사람?"

"맞아예. 뱀 잡는 사람 말이라예."

"저 차로 나갔구마. 뱀 팔락꼬?"

"나갔다꼬예?"

호기는 멍하니 아주머니를 쳐다보았다. 주저앉아 엉엉 울어 버리고 싶었다.

"그래, 그 장 씨 오늘 떠났나?"

다른 아주머니가 다가와 말했다.

"오늘 안 나갔나. 뱀을 을매나 잡았다는 둥, 우리 마실(마을) 산은 모조리 쓸었는 것 같더라니께."

"어제 산에서 잊어뿌랐다던 돈을 찾았나?"

"15만 원 말이제?"

"그래."

"찾았지러. 그 사람 어떤 사람인데."

두 사람의 이야기는 계속 이어졌다. 호기는 멍하니 쳐다보고만 서 있었다.

"그 밤중에 산으로 올라가서 돈을 찾아왔단 말이가?"

"난도 잘은 모르겠어. 어제 술을 마시다 말고 돈 15만 원을 잊자뿌릿다 카며 나가는 것만 보았거든."

호기는 눈앞이 캄캄하다. 그 돈일 것이다. 그가 잃었다며 찾아온 돈은 호기의 돈일 것이다.

'어떻게 그럴 수가……. 그 아저씬 나에게 돈까지 주었어. 나 같은 아들이 있으면 좋겠다고까지 했어.'

터덜터덜 걸을 수밖에 없었다. 울 수도, 내 돈이 없어졌다고 고함칠 수도 없었다. 힘은 모두 빠져나갔다. 그 돈을 아끼기 위해 얼마나 애를 썼던가.

호기네 집까지 가서 밥 타는 냄새에 놀라 석유풍로를 끄고, 호기의 책보를 들고 내려오던 은숙은 힘없이 걸어오는 호기를 보았다. 멀리서 보았을 때 호기는 주저앉을 힘조차 없어 보였다.

"어떻게 된 거니? 밥이 타는 데 석유풍로도 안 끄고. 왜 그렇게 정신없이 뛰어간 거야?"

은숙이 말했지만 호기는 입을 열지 않았다. 말없이 책보만 받았다.

"왜 그래? 호기야, 왜 그러니?"

호기는 끝내 풀밭에 앉아 버렸다.

"은숙아, 너 먼저 내려가. 난 이따 내려갈 것인께."

"왜 그래? 이야기해 봐. 뭘 잃어버린 사람 같아."

호기는 물에 빠진 사람이 지푸라기라도 잡는 듯한 기분으로 은숙을 보았다. 은숙은 어느새 호기 옆에 앉아 있었다. 아주 근심스러운 얼굴로.

"호기야, 왜 그래? 이야기 좀 해 봐."

은숙이 다시 재촉했다.

"돈을 잃어버렸어."

호기가 입을 떼었다. 누군가에게 이야기라도 해야 할 것 같은 생각이 들었다. 처음부터 모두 이야기했다. 선희네 집에서 나온 이야기부터…….

은숙이 놀라며 호기를 보았다. 호기의 이야기에 귀를 기울이던 은숙은 소리쳤다.

"그 아저씨야. 그 돈에 대해서 아는 사람은 그 뱀잡이 아저씨뿐이잖아."

"그 사람 아침 차로 떠나 버렸어."

"뭐라고?"

호기는 고개를 푹 숙였다.

'모두 내 잘못이야. 처음에 그 돈을 가지지 않는 게 옳았어.'

모두 털어놓았지만 후련하지 않았다. 오히려 부끄럽기만 했다.

'은숙인 나를 어떻게 생각할까?'

새로운 걱정이 고개를 들었다.

"가자. 힘내. 이제 어쩔 수 없잖아."

호기는 일어섰다. 그렇다고 이대로 앉아 있을 수만은 없는 일이었다. 은숙은 호기를 따라 걸으며 생각했다.

'그랬구나. 호기의 가슴에 그런 큰 비밀이 감추어져 있었구나.'

학교에 간 호기는 교실에 가서 앉았지만 머리에 떠오르는 것은 열다섯 장의 돈과 뱀잡이 아저씨의 얼굴이었다. 선생님의 음성은 하나도 안 들리고 뱀잡이 아저씨의 웃음소리만이 귓가에서 맴돌았다.

'이제 어쩌나? 어떻게 그 돈을 마련한담?'

셋째 시간을 마쳤을 때 집배원 아저씨가 운동장으로 들어섰다.

호기의 책보에는 김진홍 아저씨에게 가는 편지가 있었지만, 이제는 차마 부칠 수 없는 편지가 되고 말았다.

아이들은 우르르 밖으로 나갔다. 은숙이 밖으로 나가다 말고 복도에서 호기를 보았다. 호기는 책상에 엎드려 꼼짝도 하지 않았다.

"정호기, 5학년 정호기 없나?"

밖에서 집배원 아저씨가 소리쳤다. 호기는 돌처럼 꼼짝 않고 엎드려 있었다.

"정호기! 5학년 정호기가 누구고?"

은숙이 귀에도 호기를 찾는 소리가 들렸다. 교실로 들어가 호기를 흔들었다.

"호기야, 너를 찾잖아."

"응? 어디?"

호기는 화들짝 놀라며 일어섰다.

"저기, 창밖에서 집배원 아저씨."

호기는 교실 창가에 서서 아저씨가 내미는 엽서를 받아 왔다.

"어디서 왔니?"

은숙이 낮은 소리로 물었다.

"김진홍 아저씨가 보낸 거야."

엽서를 뒤집으며 호기는 괴롭게 대답했다.

"그 사람? 돈 임자?"
호기가 고개를 끄덕이며 엽서를 내밀었다.

보고 싶은 호기에게.
잘 있었니? 네가 보내 준 편지와 주민등록증 잘 받았다.
나는 너처럼 용기 있는 아이를 알게 되어 기쁘다.
호기야, 이 세상에는 돈보다 중요한 게 얼마든지 있어. 지금은
네가 보관하고 있는 지갑과 수첩, 그게 나에겐 돈보다 중요한 거야.
돈보다 수첩과 지갑을 보내다오. 시간이 나면 내가 직접 가려고
했었다만 시간이 없구나. 안녕.

호기의 가슴이 두근거렸다. 김진홍 아저씨가 '내 돈!' 하며 나타난 것처럼 호기의 마음은 진정되지 않았다.
"지갑과 수첩은 있지?"
은숙이 근심스럽게 물었다.
"모르겠어. 나는 지갑과 수첩 같은 것은 아무렇지도 않게 생각했는데 생각이 안 나. 수첩도 돈과 함께 묻었는데……. 아냐, 분명히 못 봤어. 지갑을 싼 비닐도 없었으니까."
"어떡하니? 그러면. 그 아저씬 돈보다 수첩과 지갑을 보내 달라는데."

그때 넷째 시간을 알리는 종소리가 났다.

"걱정 마. 잘될 거야."

제자리로 가며 은숙이 말했다.

선생님이 들어오시고 수업이 시작되었다. 그러나 호기는 선생님 말씀에 귀를 기울일 수 없었다. 좋아하는 음악 시간이었지만 호기의 마음엔 지갑과 수첩이 가득 차 있었다.

다섯째 시간이 채 끝나지 않아서였다. 노크 소리가 5학년 교실로 찾아왔다. 학교 일을 하는 김 씨 아저씨였다.

"우 선생님, 시간 끝나는 대로 정호기, 운동장 느티나무 그늘로 보내 주이소. 손님이 찾아왔은께요."

모든 눈길이 호기에게 쏠렸다. 선생님도 '누구니?' 하는 눈빛이었다.

'누굴까? 누가 나를 찾아왔을까? 선희 아버지?'

궁금하다. 선희 아버지는 아니겠지. 가슴이 자꾸만 무너지는 것 같았다. 좋은 일이 아닐 거란 느낌이 머리를 무겁게 했다.

"호기야, 나가 봐라."

마침 종이 짧은 새 울음처럼 들려왔을 때 선생님이 말씀하셨다.

호기는 은숙이 쪽을 돌아보았다. 은숙도 호기를 보고 있었다.

'은숙아, 암만해도 걱정된다.'

'어서 가 봐. 걱정 말고.'

은숙이 눈에도 염려하는 빛이 가득했다. 호기는 침을 한 번 삼키고 나서 밖으로 나갔다.

느티나무 그늘 밑에는 작업복을 입은 젊은 사람이 돌의자에 앉아 책을 읽고 있었다. 호기가 다가갔지만, 그는 책에만 눈을 주고 있었다.

"어!"

문득 생각난 듯 그가 고개를 들었다. 안경. 어디서 많이 본 듯한 얼굴이었다.

"정호기니?"

"네."

"나 김진홍이야."

"네?"

뒤통수를 세차게 얻어맞은 기분이었다.

'못 오신다고 하더니……. 그리고 나는 어째서 이 얼굴을 생각 못 했을까? 주민등록증의 사진과 똑같네. 그렇지만 으짜면 좋겠노?'

"정말 고마웠다. 주민등록증. 넌 참 용기 있는 아이야."

그가 일어서며 호기의 손을 잡았다.

"아저씨……."

모든 것을 털어놓아야 할 터인데 입은 쉽게 떨어지지 않았다.

이마에서도 등에서도 식은땀이 돋아났다. 호기는 죄인으로서 선 것이다.

"수업 다 끝난 거지?"

호기는 고개만 끄덕였다. 쓰러질 것만 같았다.

"네가 사는 게 보고 싶었어. 직장 일 때문에 좀처럼 시간이 없더니 이제야 겨우……. 그래서 부랴부랴 달려왔다. 엽서 받았지?"

"아저씨……."

호기의 얼굴이 새파랗게 질렸다. 도망이라도 치고 싶은 마음이었다.

"괜찮아. 난 너를 벌주려고 온 게 아니고 용서하려고 왔어. 아냐. 난 이미 너를 용서했어. 한 번쯤은 다 그런 일을 저지를 수 있어. 게다가 넌 그때 어려운 형편이었잖아? 그렇지만 앞으로가 중요해. 한 번은 용서받을 수 있지만 두 번씩 용서받을 수는 없어."

호기는 소리 없이 울고 있었다.

'모든 걸 알고 나면 용서해 주지 않을 거야. 그리고 이 나쁜 놈! 하며 뺨을 때리겠지.'

그때 은숙이 호기의 책보를 들고 왔다.

"호기야, 자, 네 책보."

책보를 건네주며 은숙은 '누구니?' 하는 눈짓을 해보였다. 호기는 고개를 돌려 버렸다.

'누굴까? 누군데 호기의 얼굴이 저렇게 질려 있을까?'

"나 먼저 갈까?" 하며 은숙은 호기의 표정을 살폈다. 호기는 묵묵히 고개만 끄덕였다. 누가 도와줄 수 없는 일이라고 호기는 생각했다.

"너도 호기네 동네에 사니?"

김진홍 아저씨가 은숙에게 말을 걸었다.

"아니에요. 호기는 돌마당이고 저는 거지밭에 살아요. 같은 방향이라 늘 같이 가요."

"그래? 그럼 같이 가자. 넌 호기의 단짝이구나. 그렇지?"

은숙은 고개를 끄덕이며 어색하게 웃었다.

'나쁜 사람 같지는 않은데 누굴까?'

이런 생각을 하며 은숙이 앞서 걷기 시작했다. 아저씨만이 신이 나 있었다. 푸른 숲을 처음 보는 사람처럼 연방 감탄하며 자꾸 고개를 돌렸다. 가득 찬 배낭인데도 그의 발걸음은 가벼웠다.

"어? 이거……"

아저씨의 입에서 신음소리 같은 게 튀어나왔다.

"내 수첩 아냐?"

아저씨가 돌멩이처럼 떨어져 있던 수첩을 주웠다. 호기의 몸이 굳어 버렸다. 호기에게도 낯익은 수첩이었다. 분명 돈과 함께 땅속에 묻어 두었던 수첩, 김진홍 아저씨가 돈보다 중요하게 여긴다는 수첩이었다.

"호기! 어떻게 된 거냐?"

아저씨의 음성은 날카로웠다. 호기를 향해 몸을 돌렸을 때 노여워하는 얼굴이었다.

'아저씨는 이야기해도 믿지 않을 거야.'

호기는 입술이 타는 것을 느꼈다. 아저씨의 화난 음성이 날카로운 칼처럼 사정없이 날아왔다.

"나는 그래도 네가 훌륭한 아이라고 생각했다. 그래서 이처럼 먼 길을 달려온 게 아니냐? 이 수첩에는 내가 바쁜 틈을 쪼개어 써 놓은 시들이 적혀 있어. 남들은 하찮게 생각하겠지만 나에겐 소중한 수첩이야. 호기, 지갑은 어디 있니? 지갑도 버렸지? 그건 내 아버지가 돌아가시며 남긴 유품이야. 돈은 없어져도 좋아. 그런데 너는……. 더구나 이건 네 물건이 아니잖아. 나는 너를 용서할 수 없어."

마지막 말이 호기 가슴에 아프게 박혔다.

'너를 용서할 수 없어…….'

호기는 울음을 터뜨렸다.

"아저씨, 그건 그건……."

말이 제대로 되지 않았다. 마음은 급하고 입술은 잠겨 버렸다. 어떻게 하면 재빠르고 자세하게 설명할 수 있을까? 나오는 건 말이 아니라 눈물이었다.

"아저씨, 그 수첩은……."

"듣고 싶지 않다. 난 네가 이런 아이인 줄 몰랐다."

그제야 은숙은 아저씨가 누구라는 것을 알았다. 호기가 우는 것을 볼 수 없다. 울음을 죽이려는 호기의 모습에서 헤어진 동생이 떠올랐다.

'은철이도 고모 손에 끌려가며 저렇게 울음을 삼켰다.'

은숙은 목이 메는 것을 느꼈다. 호기의 울음을 멈추게 할 사람은 자기 말고는 아무도 없다는 것을 느꼈다.

"아저씨."

은숙이 입을 떼었다.

"호기는 그걸 땅속에 묻었댔어요. 돈과 지갑 모두요. 그런데 누가 모두 훔쳐 가 버렸어요. 호기를 그렇게 야단치지 마세요. 호기가 얼마나 괴로워했는지 아세요?"

아저씨 얼굴이 붉어졌다가 하얗게 식어 갔다. 안경 뒤의 두 눈에 어두운 그늘이 가득 찼다.

"무슨 얘기니, 그게?"

아저씨는 힘없이 은숙이 쪽을 보았다. 좀 전의 당당하던 모습은 간데없고 죄를 지은 듯 커다란 실수를 저지른 아이처럼 쩔쩔맸다.

은숙은 다시 입을 떼었다. 뱀잡이 아저씨에 대해 이야기하는 은숙의 머리가 반짝거렸다. 노을빛이었다.

이야기를 마치고 은숙은 입을 다물었다. 아무도 말하지 않았다. 짝지은 새들이 가끔 길 잃은 아이처럼 나타났다가 숲속으로 사라졌다. 셋은 말없이 걸었다.

호기는 수없이 많은 뱀을 생각했다. 서로 엉킨 채 혀를 날름거리는 뱀, 그것들은 모두 뱀을 잡던 아저씨의 얼굴을 하고 있었다.

은숙도 생각하며 걷고 있었다. 가을 들꽃 위에 쓰러져 눈을 감은 석 노인 할아버지의 주검이 생생한 모습으로 나타났다가 사라지곤 했다.

'시간이 나면 호기랑 같이 바위 밑을 파 봐야겠어.'

은숙이 문득 소리치며 걸음을 멈추었다.

"호기야! 지갑이지? 저거!"

"지갑이다! 아저씨, 맞지요? 이거 아저씨 지갑이지요?"

어느새 호기가 지갑을 주워 들고 있었다.

"그래, 맞다. 그 사람, 여기 와서 돈만 빼고 하나씩 집어던졌구나."

아저씨가 귀한 보물 대하듯 들뜬 소리로 말했다.

"호기야, 정말 미안하다. 모든 것은 내 생각이 좁았던 탓이야. 용서해 다오."

"아닙니다. 아저씨, 언젠가는 모두 갚겠습니다."

"아니다."

아저씨가 호기를 끌어안았다. 부끄럼 타는 아이처럼 입을 다물고 웃는 아저씨 얼굴이 상기되어 있었다.

은숙이 다시 앞서 걷기 시작했다. 집을 찾아 날아가는 새들이 바쁘게 움직였다. 세 사람은 갈림길에서 다시 걸음을 멈추었다.

은숙이 인사를 하고 거지밭 쪽으로 바삐 걸어갔다. 길어진 그림자가 날이 저물었음을 알려 주고 있었다.

은숙과 헤어진 후 김진홍 아저씨는 말이 많아지고 있었다. 어느새 호기네 집이다.

"집 한번 좋은 곳에 지었구나."

김진홍 아저씨가 툇마루에 배낭을 내려놓으며 기분 좋게 말했다.

호기는 바쁘게 저녁 준비를 시작했다. 김진홍 아저씨가 배낭에서 이것저것을 꺼냈다. 반찬통들과 과자 그리고 몇 권의 동화책.

저녁을 먹고 나서 밤이 깊었지만, 호기네 방에서는 대화가 끊이지 않았다. 아저씨가 많은 것을 물었고 호기는 대답했다. 이제 숨겨야 할 것은 아무것도 없었다.

아저씨가 이불 속에서 호기 손을 잡았다. 따뜻한 손이었다.

"너를 만나니까 옛날 생각이 난다. 무지무지하게 고생하며 공부하던 생각이 나."

"아저씬 고생을 많이 하셨나요?"

"고생은 아직 끝나지 않았다. 호기야."

"네."

"희망을 품어야 한다. 약간의 돈을 벌겠다고 조금 편해 보겠다고 마음을 나쁘게 먹어선 안 돼. 눈앞에 보이는 것보다 아직 눈에 보이지 않는 것, 그러니까 더 먼 장래를 위해서 큰 희망을 품어야 해."

어려운 이야기였다. '그렇지만 희망은 품어야 한다.'는 말에 호기의 가슴은 새삼 뛰어올랐다. 뭔가 커다란 것을 찾아낸 것처럼 뿌듯했다.

"아저씨."

"이제 그만 자거라. 내일 학교 가려면 자야 해."

"아저씬 시인이세요?"

"시인? 아냐. 나는 시인이 아니야. 그렇지만 괴롭고 슬픈 일들을 글로 적어 놓고 나면 위로가 돼."

호기도 갑자기 뭔가 쓰고 싶다고 생각했다. 무엇인가 끝없이 많은 것들을 쓰고 싶다는 생각이었다.

"호기야, 일기를 쓰니?"

"어데예(아뇨)."

"내일부터 일기를 써라. 쓰는 동안 생각하는 힘이 생긴다. 일기를 쓰면 너는 혼자가 아닌 두 사람의 힘을 가지게 되거든. 너와 똑

같은 생각을 담아 가진 '일기장'이란 사람. 그 일기를 다시 읽으면 넌 또 새로운 생각을 가지게 돼."

호기에겐 역시 어려운 이야기였다. 그러나 잠자코 들었다. 창이 하얗게 밝아 왔다. 새삼스럽게 희망을 품는 호기처럼 밤늦게 떠오르는 달이었다.

김진홍 아저씨는 이튿날 바로 떠났다. 싫다고 몸을 흔드는 호기 주머니에 몇 장의 돈을 넣어 주며 아저씨는 버스에 올랐다.

아저씨가 떠난 지 이틀이 지났다. 그러나 호기는 지금도 아저씨가 떠나며 남긴 말을 생생히 기억했다. 그날 집을 나서며 한 말이었다.

"호기야, 내가 너에게 힘이 되어 주마. 다시 오겠다. 나는 너에게서 많은 것을 배웠다. 가난한 사람은 가난한 사람에게서 더 많은 것을 배우고 부자는 부자에게서, 슬픈 사람은 슬픈 사람에게서 오히려 힘을 얻고 더 배운다더니 정말 그 말이 옳다. 슬픈 사람을 만나야 슬픔을 이길 수 있지. 호기야, 가면 편지하마. 안녕."

"안녕히 가세요……."

호기는 입안까지 기어 나온 '형님'이라는 말을 꼴깍 삼켜 버렸다. 어째서 그런 말이 튀어나오려 했을까?

그날 저녁 호기는 새 공책을 꺼내 김진홍 아저씨 이야기를 썼다. 그리고 한 줄을 띄고 다시 몇 줄을 더 적었다.

내가 혼자 산다고 했지만, 혼자가 아니다.

창숙이 이모네, 은숙이 외삼촌, 선생님이 계속해서 나를 돌보아 주신다.

고마운 분들이다. 진홍이 형도.

|비 오는 일요일|

어제 토요일 오후부터 쏟아지기 시작한 비가 그치지 않았다. 빗소리가 자꾸 호기를 이불 속에 갇혀 있게 했다. 일어나기가 싫다. 몇 시쯤인지 방 안을 채우는 것은 빗소리뿐이었다.

"호기야!"

밖에서 여자아이 소리가 났다. 호기는 귀를 기울였다. 은숙이 목소리가 분명했다.

"호기야!"

호기는 벌떡 일어났다.

'하필 늦잠 자는 날…….'

후다닥 옷을 입고 문을 열었다. 비옷에 우산까지 든 은숙이 서 있었다.

"웬일이야? 어? 괭이는 뭐 할라꼬 가져왔노?"

눈이 동그래졌다.

"아직도 잠이야? 이런 늦잠꾸러기."

"비가 와서……."

"자, 이거 먹고 나하고 어디 좀 가자. 외삼촌이 점심 먹으라며 싸 준 김밥이야."

은숙이 툇마루에 걸터앉아 보자기를 풀며 말했다.

"어디 가려고 하는데?"

호기는 입맛을 다시며 말했다. 보자기 안에서 나온 것은 먹음직스러운 김밥 도시락이었다.

"나중에 이야기할게. 얼른 아침이나 먹어. 할아버지랑 외삼촌은 아침 차로 김천에 나가셨어. 혼자 있기가 무섭기도 하고……. 아무튼 중요한 일이야."

"도대체 무슨 일이고?"

은숙이 서둔다. 도시락을 비운 호기는 궁금한 채로 은숙을 따라나섰다. 춥다. 은숙은 아무 소리도 하지 않고 앞서 걷기만 했다.

은숙은 자기네 동네를 지나 더 높이 올라갔다. 외딴집을 지나 느티나무 밑에서 멈추더니 사방을 둘러보았다. 비는 장대처럼 굵어져 이 세상을 부숴 버릴 듯 쏟아져 내렸다. 은숙은 다시 발을 떼었다. 우산을 받쳤지만 호기의 몸은 이미 함빡 젖어 있었다. 우산이 몇 차례 뒤집힐 만큼 바람이 점점 거세지고 있었다. 조금 더 걸어가자 커다란 바위가 나타났다.

"호기야, 사방에 사람이 있나 봐줘."

"이렇게 비가 오는데 무슨……."

"그래도 누가 보면 안 돼."

"무슨 일인데?"

은숙은 대답하지 않고 사방을 둘러보았다. 호기가 마술에 걸린 아이처럼 은숙을 따라 사방을 살폈다. 서 있는 것은 나무들뿐이었다. 풀들도 자꾸 허리를 굽히며 엎드리려 했다.

"호기야, 이 바위 밑을 파 줘."

은숙이 괭이를 내밀었다. 비옷 위로 물이 줄줄 흘렀다.

"은숙이, 너 뭐 하려고 이카노?"

"뱀 잡으려고."

"뱀?"

"응, 굉장히 비싼 뱀이야."

농담처럼 말했지만, 은숙은 웃지 않았다.

호기가 뚫어지게 은숙을 쏘아보았다. 비에 젖은 호기의 눈이 이글거렸다.

"난 이제 뱀 따위 잡으러 다니지 않아."

호기가 소리치듯 말했다.

'뱀을 잡아 돈이나 벌려는 아이라고 너는 나를 업신여기는구나.'

이런 불쾌함이 호기를 화나게 했던 것이다.

'아차! 내가 너무 심했구나.'

호기의 벌게진 얼굴을 보고 은숙은 비로소 호기의 마음을 읽었다.

"호기야, 그게 아니야. 나중에 이야기할게. 미안해."

호기는 우산을 아무렇게나 풀밭 위에 놓았다. 몸이 이미 함빡 젖어 소용없는 우산이었다.

괭이질을 시작했다. 아직도 화가 풀리지 않은 듯 난폭하게 호기는 흙을 파낸다. 비에 잠긴 흙은 쉽게 파였다.

"이제 이리 줘. 내가 팔게."

한참 후에 은숙이 말했다.

호기는 빗속에 서서 서툴게 괭이질하는 은숙을 바라보았다.

'도대체 뭘 하겠다고 저러겠노?'

은숙이 '귀한 것'을 찾기 위해 바위 밑을 파는 줄을 호기는 짐작조차 못 했다. 은숙은 은숙대로 조바심을 치며 괭이질했다.

'내가 잘못 들은 게 아닐까? 정말 할아버지가 여기에다 '귀한 것'들을 묻었을까? 만약에 안 나오면……'

호기의 몸이 떨리기 시작했다. 그냥 서 있기에는 너무 젖어 버린 몸이었다.

"은숙아, 이리 줘, 내가 팔게. 가만히 서 있으니까 추워."

호기가 다시 괭이질을 시작했다. 그러고 나서 은숙이, 다시 호기……. 교대로 흙을 팠다.

호기도 은숙도 아무 생각 없이 파는 일에만 열중했다. 호기는 더 이상 묻지 않았다. 궁금했던 일을 잊어버린 듯 땅을 파는 일에만 힘을 쏟았다.

호기가 정신없이 괭이질하는데, "엄마!" 은숙이 비명을 질렀다. 호기는 얼른 괭이를 내던지고 은숙이 옆에 섰다.

"호기야, 저기, 저기!"

은숙이 손짓하는 곳에는 커다란 뱀이 있었다. 뱀은 호기가 지금 막 땅을 파고 있는 바위, 그 뒤쪽에서 나오고 있었다. 뒤쪽에서부터 팠다면 분명히 뱀과 맞닥뜨렸을 것이다.

"이 방구(바위)를 지키는 뱀인 갑다."

호기가 혼자 중얼거렸다.

뱀은 계속 바위 뒤에서 기어 나왔다. 한 마리씩 천천히 동쪽으로 기어갔다.

"호기야, 저기! 그만 가자, 무섭다."

은숙이 다시 기겁하며 호기 팔을 붙잡았다. 하얀 뱀이었다. 비는 계속 쏟아졌다.

호기는 숨을 죽이고 있었다. 빗속을 기어가는 흰 뱀은 아름답고 무섭다. 뱀잡이 아저씨의 얼굴이 떠올랐다. 그의 웃음소리가 빗소리 속에서 들려오는 듯했다. 뱀잡이 아저씨라면 비싼 뱀이라며 냉큼 잡아 올렸을 것이다. 호기는 감히 잡을 생각을 하지 못했다.

호기는 말없이 괭이를 집어 들었다.

'은숙이가 정말 뱀을 잡으려고 나를 여기에 데리고 온 것일까? 아닐 거다. 뭔가 저 흙 속에 묻혀 있는 게 분명하다.'

호기는 다시 괭이로 흙을 찍어냈다. 파낼수록 끈적거리는 진흙이었다. 점점 파기가 힘들어졌다.

"무서워. 호기야, 땅을 파면 더 많은 뱀이 나올 것 같아."

"뱀 잡으러 왔다 카디?"

호기가 빈정거리듯 말하다 말고 눈을 번쩍 떴다. 뭔가 '쿵' 하는 소리가 괭이 끝에서 난 것이다.

"뭐니?"

은숙이 호기처럼 눈을 빛내며 물었다. 호기가 다시 괭이를 들고 땅 여기저기를 때렸다. 다시 '쿵' 하는 소리가 났다.

"저기다. 우리가 너무 깊이 파기만 했다. 저쪽 벽에……."

벽을 파고 들어가자 쇠 상자가 모서리를 드러냈다. 진흙 빛이 된 쇠 상자였다.

"은숙아, 이게 뭐꼬?"

"쉬잇! 호기야 누가 오나 좀 봐줘. 아냐 네가 상자를 꺼내서 이 비옷에 싸서 가지고 나와. 나는 누가 오나 볼 테니."

은숙이 비옷을 벗으며 말했다. 호기는 도시락만 한 쇠 상자를 흙 속에서 꺼냈다. 아주 무겁다. 뭐가 들었길래 이처럼 무거울까? 은숙이 비옷에 쇠 상자를 싸며 호기는 비로소 긴장한다.

'은숙인 어떻게 이런 곳에 이런 게 묻힌 줄 알았을까.'

호기는 은숙이 곁으로 나왔다. 은숙은 우산을 펼 생각도 않고 사방을 두리번거리고 있었다. 호기도 어느새 사방을 살폈다.

"가자. 너희 집에 가서 열어 보자."

은숙이 낮은 소리로 말했다. 돌마당으로 오르면서 이번엔 호기가 더 조바심을 했다. 연방 사방을 살폈다. 비 오는 산길엔 어디에도 보는 눈이 없었다.

돌마당, 호기네 동네로 들어서며 은숙은 입을 열었다. 호기는 쇠 상자가 든 비옷을 꽉 안고 있었다.

"어떤 여자아이가 있었어. 나쁜 일을 한 어머니와 아버지 때문에 서울에서 못 살고 산골 외할아버지 집으로 내려온 아이였어. 거기서 여자아이는 어떤 외로운 할아버지를 만나. 두 사람은 아주 친해졌지. 그 할아버지는 아들도 있고 많은 재산도 있었지만 무척 외로웠단다. 도시에 있는 아들이 늘 할아버지의 재산을 노리고 있었어. 할아버지는 아들도 못 보고 돌아가셨단다."

호기는 낯선 아이를 보듯 은숙을 보았다. 은숙이 다시 입을 떼었다.

"할아버지의 마지막을 지킨 것은 그 여자아이였어. 할아버지는 아이에게 유언을 남겼단다. 바위 밑에 귀한 것들을 숨겨 놓았다고. 할아버지가 돌아가시자 그 아들은 뒤늦게 나타나 모든 것을 팔았어. 안 팔린 집만 남았어. 할아버지가 남긴 산은 엄청난 값이었대."

"그 산을 누가 샀노?"

"돈 많은 도시 사람이 샀대."

비가 그치고 매미들이 일제히 소리를 냈다. 두 아이는 눈부신 듯 하늘을 쳐다보았다.

"은숙아, 그 아이가 너였지?"

은숙은 고개만 끄덕였다.

두 아이는 호기네 방으로 들어가 문을 걸었다. 상자는 쉽게 열렸다. 자물쇠에 녹이 슬어 만지자마자 툭 떨어져 나갔다.

"금이야! 이거 금 맞지?"

호기는 입이 다물어지지 않았다.

"굉장하다."

은숙은 큰 소리를 낼 수 없었다. 상상 이상의 것들이 상자 가득 들어 있었다. 금으로 만든 가락지, 목걸이, 팔찌 같은 것들과 나무 도막처럼 생긴 금도 서너 개였다.

"호기야, 이걸 어떡하면 좋겠니?"

"네 것이니까 네가 정해야지."

비로소 은숙은 이 많은 금들이 자기 거라는 생각에 잠깐 혼미해졌다. 금가락지 몇 개를 집어 호기에게 내밀었다.

"자, 우선 너에게 나누어 주고 싶어."

"싫어. 이건 네 것이잖아. 할아버지가 돌아가시며 너에게 준 거야."

"그렇지만 이건 너무 많아. 너무 많아서 어떻게 해야 할지 모르겠어."

은숙이 호기에게 내밀었던 금가락지를 방바닥에 놓으며 상자를 닫았다.

"호기야, 이거 어디다 다시 묻어야겠어. 비밀, 알지?"

"응."

호기가 굳은 얼굴로 말했다.

"호기야, 네가 장소를 골라 줘."

"너거 할아버지에게 맡기지 않고……."

"아냐. 좀 더 생각해 보고 이야기하겠어."

은숙은 피곤했다. 빨리 이것을 묻어 놓고 집에 가서 푹 쉬고 싶다는 생각을 하고 있었다.

두 아이는 다시 밖으로 나왔다. 여기저기 둘러보며 은숙이 말했다.

"호기야, 저기 저 바위 밑에 묻어 두자."

"네가 좋다면."

호기네 집 옆을 흐르는 물가에 큰 바위가 있었다. 호기는 괭이를 들었다.

| 무지개 |

며칠 추적추적 비가 내리더니 토요일 아침에는 비에 씻긴 것 같은 눈부신 해가 아침부터 쨍쨍 타올랐다.
"참, 호기야."
수업이 끝나고 집으로 가며 은숙이가 밝게 말했다. 비에 젖었던 날개를 볕에 말린 나비처럼 걸음도 가볍다.
"왜?"
"내일 일요일이지? 우리 집에 올래?"
"거지밭에? 뭐 하는데?"
"우리 외삼촌이 너에게 일하는 것을 가르쳐 주고 싶대."

"농사일 말이가? 밭 가는 거 말이지?"

호기의 눈빛이 반짝 빛났다.

"아니. 실은 우리 집 너무 바빠. 담뱃잎을 따기 시작했거든. 제때 안 따면 말려도 색깔이 안 좋아. 그러면 제값을 받을 수 없대. 요즘 비가 와서 이렇게 맑은 날, 많이 따야 하는데 일손이 모자라거든. 내일 와서 좀 따 줄래? 물론 비가 오면 안 되고. 장마가 아직 안 끝났대."

"좋아. 난 어른이 되어도 우리 동네에 살고 싶어. 너거 외삼촌께 지금부터 조금씩 배워야지. 훌륭한 농부가 되기 위해선."

"훌륭한 농부?"

뜻밖이라는 듯 은숙은 걸음을 멈추었다.

"왜, 농부가 되면 안 되니?"

"너처럼 공부 잘하는 아이가 농사를 짓는다니 이상해서."

호기는 점점 성적이 올라 지난 월말고사에서 3등을 했다.

"너거 외삼촌은 서울에서 제일 가는 대학교를 나왔닥 하던데?"

"우리 외삼촌은 별나잖아. 서울에서 학교 다닐 때 아버지랑 얼마나 다투었다고. 바보라고. 대학 나와서 농사지으러 정말 내려갈 거냐고 하면서."

"그랬었나?"

"할아버지도 사실은 못마땅해하고 계셔. 외삼촌이 농사를 짓기 때문에 장가를 못 가는 거라고 술만 취하면 화를 내셔. 농사는 할아버지가 지을 테니 어서 서울로 올라가래. 정 농사를 지으려면 나중에 들어와도 늦지 않다 하시면서. 내가 전에도 말했지?"

"너거 외삼촌은 정말 훌륭한 분이야. 나도 공부를 열심히 해서 너의 외삼촌같이 공부를 많이 한 농부가 되고 싶어."

"호기야, 내일 꼭 와. 아침 해 놓고 있을게."

"응. 은숙아, 잘 가."

이튿날 호기는 일찍 집을 나섰다. 비는 다행히 오지 않는다. 풀 냄새가 확 밀려왔다.

'오늘은 제발 종일 날씨가 좋아야 할 낀데.'

하늘을 둘러보고 호기는 거지밭으로 가는 길로 들어섰다. 어느 곳보다 좋은 나무들이 울창한 오솔길이었다. 길 양쪽에 서 있는 나무들을 보며 호기는 도시의 높은 건물들을 떠올렸다. 건물들은 많을수록 사람들을 피곤하게 하지만 나무들은 많을수록 포근하게 감싸 준다.

아버지 친구들 대개는 서울 생활에 실패하고 시골에서 보다 더 비참해진 사람들이 모이기만 하면 막걸리를 앞에 놓고 신세 한탄을 했다.

"여기 와 살아보니께 우리가 촌에 살 때가 얼마나 행복했었는지 알겠어요."

"내 말이 그 말이여. 근디 떵떵거리며 나와서 다시 돌아갈 수가 없어."

"무신 염치로 다시 가겠노. 호기네는 집이라도 두고 왔지. 우린 집도 다 팔고 왔다."

호기는 하늘을 보며 아버지 어머니 얼굴을 떠올렸다. 함께 여기 내려왔으면 얼마나 좋았을까. 죽도록 고생만 하다 하늘로 간 아버지 어머니였다.

'곧 여름 방학이 시작된다. 여름 방학엔 무엇을 하나? 은숙이네를 도우면 좋겠는데. 나는 아직 꼴도 제대로 못 비(베)니 누가 일을 시킬락 하겠노? 정말 은숙이 외삼촌한테 일하는 것을 배웠음 좋겠구먼.'

은숙이네 양철집이 보이기 시작했다. 산허리에 올려놓은 파란 양철지붕 주위로 낙엽송이 푸르게 서 있었다.

"호기야!"

높은 마당에 서서 호기를 기다리던 은숙이 호기를 보고 소리쳤다. 호기가 손을 흔드는 사이에 은숙은 다람쥐처럼 달려와 호기 앞에 섰다.

"호기야, 우리 아버지 오셨어."

"아버지?"

"응. 어쩜 어머니 일도 잘될지 몰라. 빨리 가자."

은숙은 신이 나 있었다. 호기도 뛰다시피 집으로 들어갔다.
"아빠, 얘가 호기예요."
식사하려고 마루에 앉아 있던 두 사람이 호기를 보았다. 은숙이 할아버지와 아버지였다.
"안녕하십니까?"
호기가 꾸벅 고개를 숙였다. 은숙이 아버지는 많이 야위고, 얼굴이 하얗다. 아주 오랫동안 햇빛을 보지 못한 사람 같았다. 어디 아픈 사람 같기도 했다.
"어서 오너라. 우리 은숙이가 네 도움을 많이 받는다며? 정말 고맙다."
"어데예. 제가 도움을 받아예."
은숙이 부엌으로 들어가며 콧노래를 불렀다. 외삼촌 얼굴이 안 보이는 것으로 봐서 아침 준비를 하는 것 같았다.
'은숙이 이야기로는 아버지가 어디로 갔는지 모른다고 하던데 어디 갔다 오셨을꼬? 그리고 아이들이 소곤거리며 하는 이야기를 들은께, 은숙이 어머니는 감옥에 있다 카고, 은숙인 아까 모든 것이 잘될 거라고 했제?'
은숙이 아버지 옆에 앉은 호기의 마음은 어두워졌다. 모든 것이 잘되면 은숙인 다시 서울로 가겠지. 이런 생각들이 꺾여도 돌아나는 풀잎처럼 계속 떠올랐다.

"밥상 받으세요."

은숙이 부엌에서 소리쳤다.

호기는 부엌 쪽으로 고개를 돌렸다. 은숙이 외삼촌이 앞치마를 두르고 밥상을 들고 있었다.

아침 밥상은 깔끔했다. 남자가 차려 온 상답지 않게 차려진 음식상이었다. 아침을 먹고 나서 할아버지가 은숙이 아버지에게 말했다.

"자네는 좀 쉬게. 우린 언제 또 비가 올지 모른께, 밭에 나가 봐야지. 이제라도 비가 쏟아지면 담뱃잎을 못 따니께. 자, 어서들 나가자. 장마철이라 이렇게 해가 돋아도 안심이 안 돼."

"아닙니다. 저도 이제 일 좀 해야죠."

은숙이 아버지가 일어서며 말했다.

"매형, 피곤할 텐데 좀 쉬어요. 내일부터 해도 늦지 않으니까."

은숙이 아버지만 두고 모두 일어섰다. 비가 쏟아지기 전에 일을 해야 했다.

"아빠, 다녀올게요."

은숙이 밝은 소리를 내며 손을 흔들었다.

"그래."

은숙이 아버지가 웃어 보이며 고개를 끄덕였다.

담배밭은 집 옆이었다. 호기의 키보다 더 높이 자란 담배 줄기들이 푸르고 넓은 잎을 달고 있었다. 호기가 들어서자 높이 자란 줄기들이 호기 몸을 가려 버렸다.

"밑에서부터 한 줄기에 세 잎씩만 따거라."

은숙이 외삼촌이 바지게를 내려 담배밭 울담에 기대어 세웠다.

"한 아름 따거든 이 발채에 쌓아 놓아라."

한 사람이 한 이랑씩 맡아 담뱃잎을 따기 시작했다. 이내 이마엔 땀이 맺혔다. 하늘에서는 뜨거운 햇살이, 땅에서는 후덥지근한 기운이 담뱃잎을 따는 호기를 괴롭혔다. 한 아름씩 담뱃잎을 안고 이랑 밖으로 나오면 저절로 한숨이 나왔다. 온몸이 땀에 흠뻑 젖었다.

담배 농사는 힘들어도 벼농사보다 수입이 좋은 특용 작물이기 때문에 농촌에서 선호하는 농사였다. 그러나 무척 힘들고 손이 많이 필요해서 일손이 부족한 집에선 엄두도 못 내는 농사이기도 했다. 새마을운동의 농가 소득 올리기 사업이 활성화되면서 정부에서도 특용 작물 재배를 적극 권장했다. 은숙이 외삼촌이 서울 생활을 접고 내려왔을 때 제일 먼저 착수한 게 담배 농사였다. 정부에서 전량 수매하기 때문에 판로 걱정이 없는 확실한 수입원이었다.

"호기야, 쉬면서 해라. 오늘 밤에 오줌 쌀라."

은숙이 외삼촌이 한 아름의 담뱃잎을 안고 오며 말했다. 지게에는 이내 담뱃잎이 쌓여 올라갔다. 지게가 가득 차면 은숙이 외삼촌이 지고 가 집에 내려놓고 왔다.

모두 열심히 일했다. 호기는 담배밭 속에서 땀 흘리는 게 힘들었지만 참고 견뎠다. 훌륭한 농부가 되기 위해서는 이 정도쯤 참아야 한다고 몇 번이고 자신에게 타일렀다.

"자, 이제 그만 나오거라. 곧 비가 쏟아질 모양이다."

점심시간쯤 되어서 은숙이 외삼촌이 소리쳤다. 그동안 여러 번 지게로 져 날랐지만 반쯤밖에 못 땄다. 쨍쨍하던 하늘에는 어느새 먹장구름이 잔뜩 끼어 있었다.

집에 들어서기가 무섭게 비가 쏟아지기 시작했다. 어른들은 그동안 따 온 담뱃잎들을 마루에 헤쳐 놓았다. 어느새 마루가 일터였다.

은숙이 외할아버지와 외삼촌은 널따란 담뱃잎들을 엮기 시작했다. 두 사람의 손놀림은 재빠르고 야무졌다.

"이렇게 엮어서 담배 건조실에서 말리면 푸른 잎이 누렇게 변한단다."

은숙이 외삼촌은 길게 엮인 담뱃잎이 젖지 않게 비닐에 곱게 싸서 담배 건조실로 옮겼다. 담배 건조실은 뒤꼍에 있는 황토 복층 집. 호기는 은숙이 외삼촌을 따라 담배 건조실로 갔다.

"2층에 담뱃잎들을 장대에 걸고 나서 여기 아래층에서 불을 때면 푸른 담뱃잎이 누렇게 마른단다. 빛깔이 고와야 좋은 값을 받을 수 있어. 전기가 들어오는 마을에선 전기로 말리는 건조실이 있는데 우리 마을처럼 전기가 안 들어오는 곳에선 이렇게 담배 건조실을 이용할 수밖에 없어. 오늘 딴 담뱃잎을 모두 엮어 이리로 가져오면, 아래에서 불을 땔 거란다."

호기는 농사를 짓는 데에도 전기가 있어야 한다는 것을 처음 알았다. 밭이 있고 논만 있다고 농사가 제대로 되는 게 아니었다.

'훌륭한 농부가 되려면 농사 공부를 제대로 해야겠어.'

호기는 담배 건조실을 나와 다시 담뱃잎을 엮는 마루로 오르며 혼자 생각했다.

비가 계속 쏟아졌다.

"정말 잘 일어섰다. 하마터면 다 딴 담뱃잎을 적실 뻔했다."

은숙이 외할아버지가 담뱃잎을 엮으며 말했다. 담뱃잎 펼치던 것을 돕던 은숙이 방으로 들어가더니 놀란 얼굴로 뛰쳐나왔다.

"할아버지, 아빠가 안 계세요."

"무슨 소리냐?"

할아버지가 흙 묻은 발로 방으로 들어갔다. 외삼촌도 어두운 얼굴로 방으로 들어갔다.

"바람 쐬러 간 게 아닐까요? 나는 주무시는 줄 알았는데."

은숙이 외삼촌이 낮은 소리로 묻는 게 호기 귀에 들려왔다.

"아닐 거다. 양복이 없어졌다."

은숙이 외할아버지가 낮은 소리로 대답했다.

어느새 장대처럼 굵어진 비가 계속 쏟아졌다. 바람이 산을 타고 내리며 나무들을 흔들고 있었다.

"이상도 하지. 어디로 갔을꼬?"

담뱃잎을 엮으면서 은숙이 외할아버지는 깊은 한숨을 쉬었다.

"아버지, 도가뜸 쪽으로 바람 쐬러 갔을 겁니다. 걱정 마세요."

은숙이 외삼촌이 말했다.

"은숙아, 걱정 말아라. 니 보고 접어서(싶어서) 왔다는데, 이렇게 말없이 떠나지는 않았을 끼다."

이렇게 말하면서도 외할아버지 얼굴은 몹시 어두웠다.

점심 식사가 끝나고, 담뱃잎 엮기가 다 끝났을 때까지 은숙이 아버지는 돌아오지 않았다. 비 오는 하늘이 조금 더 어두워진 듯했다.

비가 계속 쏟아졌다. 개울물 흐르는 소리가 크게 들려왔다. 근심스러운 얼굴을 하고 비를 보는 은숙의 마음도 슬픔으로 젖고 있었다.

"은숙아, 걱정 마. 어디 잠깐 나가셨다가 비를 만나 못 오시는 걸 끼라."

호기가 무거운 입을 떼었다. 은숙은 묵묵히 마당만 봤다.

'서울에서도 이렇게 말없이 사라져 버렸댔어. 어머니도 금방 나올 수 있을 거라고 하시곤…….'

은숙이 외할아버지가 벌떡 일어났다.

"어디 가시게요?"

은숙이 외삼촌이 놀라며 일어났다.

"아무래도 홍수 나겠다. 논에 다녀오마."

"같이 가요."

두 사람은 황급히 빗속으로 나갔다.

호기와 은숙은 마루 끝에 말없이 앉아 있었다. 비가 계속 쏟아졌다. 바람이 크게 지나갈 때마다 온 산이 몸부림치듯 나무들이 꺾였다.

"호기야!"

"어, 와?"

"우리가 냇가에 묻은 금, 괜찮을까?"

"참!"

"가 보고 올게."

"내가 빨리 뛰어가서 보고 올게. 너는 집에서 기다려."

"안 돼. 같이 가."

호기 손을 붙잡으며 은숙이 소리쳤다. 갑자기 그 금만 있으면 어머니를 구할 수 있을 거라는 생각이 번개처럼 찾아왔다. 석 노인 할아버지가 눈을 감기 전에 손을 떨며 하시던 말씀이 생생하게 들려왔다.

"너처럼 착한 아이라면 하느님이 도와주실 거다. 하느님은 너 때문에 너희 어머니를 구해 줄 게다. 그동안 고마웠다."

물속에 잠겼다가 다시 떠오른 나뭇잎처럼 할아버지 모습이 떠올랐다. 과꽃을 꺾어 주시던 할아버지, 음식을 가져다드리면 조용히 웃으시던 할아버지, 끝까지 도시로 떠난 아들을 염려하시던 할아버지였다.

"호기야, 그 금을 잃어버리면 안 돼. 어서 가자."

은숙이 먼저 뛰기 시작했다.

돌마당 호기네 집은 비바람 속에서도 꿋꿋이 서 있었다. 그러나 집 옆으로 흐르는 물은 크게 불어서 금을 묻은 바위를 흔적도 없이 삼켜 버리고 있었다.

"큰일이다. 금을 묻은 곳이 이렇게 물바다니."

마당 옆 시내로 내려가는 돌층계 위에서 물을 내려다보며 호기가 중얼거렸다. 물은 돌층계 반까지 올라와 거칠게 흘러갔다.

숨 가쁘게 달려온 은숙이 눈에 맑은 눈물이 차올랐다. 흘러가는 물에 어머니 얼굴이 묻히듯 흘러갔다.

물살은 점점 거세졌다. 어머니 얼굴과 함께 아버지 얼굴이, 은철이 얼굴이 물 위에 나타났다가 흘러가며 잠겼다.

"엄마!"

물속에 잠겨 흘러갈지도 모르는 금덩이처럼 은숙은 어머니도 돌아오지 못할 거로 생각한 것일까? 전혀 다른 아이처럼 서럽게 울었다.

"은숙아, 울지 마. 비가 그치면 찾아보자."

은숙은 대답도 하지 않고 흐느꼈다. 호기는 은숙이가 불쌍하다고 생각했다. '은숙이 아버지는 어디로 가셨을까.' 하는 생각이 은숙을 더욱 가엾게 했다.

'아침에 아버지가 왔다고 그렇게 좋아하더니.'

그때였다.

"은숙아!" 하는 소리가 마당 밖에서 났다. 호기와 은숙이가 똑같이 고개를 돌렸다. 은숙이 외삼촌. 긴 노끈을 들고 비에 젖은 옷으로 들어서고 있었다.

"외삼촌!"

은숙의 눈물은 멈출 줄 모르고 쏟아졌다.

"걱정 마. 비만 더 안 오면 호기네 집은 끄떡없다. 이 집은 물 옆에 지었지만, 물보다는 훨씬 높은 곳이잖니?"

외삼촌은 은숙이 호기네 집 때문에 운다고 생각하는 것이다. 외삼촌이 다시 말했다.

"자, 어서 가자. 오늘 같은 날은 위험하다. 집이 무너질지도 모르니까. 호기야, 가자. 오늘은 우리 집에서 자야겠다."

세 사람은 다시 거지밭으로 향했다. 호기와 은숙은 자꾸 뒤돌아보았다.

냇물은 더욱 불었다. 은숙이 외삼촌이 노끈으로 자신의 허리를 묶고 다시 은숙이 허리를, 마지막으로 호기의 허리를 묶었다. 마치 끌려가는 노예처럼, 포로처럼 끈으로 서로의 몸을 연결한 뒤 외삼촌이 말했다.

"끈을 단단히 잡고 천천히 걸어야 한다. 배에 힘을 주고."

외삼촌이 먼저 물속으로 들어갔다. 물은 이미 배꼽을 적실 만큼 불었고 거칠게 흘러갔다. 노끈이 팽팽해졌다. 한 발 한 발 떼는 데 이마에 식은땀이 돋았다. 한 사람이라도 미끄러지거나 주저앉는 날이면 노끈은 끊어질지도 몰랐다. 자칫하면 물귀신이 될 것이다.

세 사람은 무사히 내를 건넜다.

은숙이네 집에서는 외할아버지가 혼자 애를 태우고 있었다. 세 사람은 집 안으로 들어섰다.

은숙이 외할아버지가 말했다.

"조금만 기다려 보고 내가 나가 볼락 했다. 그래, 너거 집은 괜찮드냐?"

외할아버지도 호기가 집 걱정이 되어 집으로 간 줄 아는 것이다.
.

"아직 괜찮아예."

"다행이구먼. 오늘은 여기서 자거라. 여긴 안심해도 된다. 옛날에 워낙 높은 곳에다 지은 집이니까."

호기와 은숙이 몸을 떨었다. 외삼촌이 어느새 옷을 갈아입고 나와서 말했다.

"은숙이는 니 방에 가서 옷 갈아입고 호기는 내 방으로 오너라. 내 어릴 때 입던 옷이 있을 게다."

그러나 호기와 은숙은 마루에 걸터앉아 꼼짝도 안 했다. 두 아이 모두 추웠지만, 물에 잠겨 버린 금 생각을 하고 있었다. 은숙은 금과 함께 아직도 돌아오지 않는 아버지까지 생각하고 있었다.

"호기야, 어서 들어와라."

외삼촌이 다시 안에서 소리쳤다.

"호기야, 어서 가 봐."

은숙이가 그제야 제 방으로 가며 힘없이 말했다.

방으로 들어선 호기의 눈이 휘둥그레졌다. 방 안에는 옷이 수북이 쌓여 있었다. 그런데도 은숙이 외삼촌은 아직도 궤에서 자꾸 옷을 꺼내 놓았다. 호기는 적당한 크기의 옷을 골라냈다. 옷은 겨울옷, 여름옷, 온갖 게 다 있었다. 긴 내의, 팬티까지 골고루 있었다.

호기는 꼼짝없이 거지밭에 갇혀 3일을 지냈다. 거센 바람까지 거느린 장대비는 3일을 계속 내리다 잦아들었다.

"이 사람이 정말 어디로 사라져 버렸노?"

오랜만에 눈부시게 돋는 해를 보며 외할아버지는 은숙이 아버지를 걱정했다.

"아버지, 너무 걱정 마세요. 매형이 어디 어린애입니까? 급한 볼일이 생각나서 김천으로 나갔는지도 모르지요."

"이렇게 비가 왔는데 김천에 나가? 차가 끊겼을 텐데."

"매형이 나갔을 때는 비가 안 왔을 겁니다."

은숙이는 마루에 걸터앉아 말없이 듣고 있었다.

'아버진 나빠. 어디 가신다면 말씀하셔야지.'

우울하게 앉아 있는 은숙이와는 달리 햇빛이 쨍쨍 쏟아졌다. 오랜만에 새들과 매미들이 요란스럽게 울어댔다.

"은숙아, 학교 가려면 다시 며칠 기다려야겠다. 물이 줄어들어야 가지. 내를 못 건너겠더라."

외할아버지가 논으로 가며 말했다.

호기와 은숙은 외삼촌을 따라 담배밭으로 갔다. 엉망이었다. 그 푸르게 서 있던 줄기들이 일부러 부러뜨린 듯 처참하게 꺾여 있었다.

은숙이 외삼촌은 무겁고 긴 한숨을 쉬었다. 묵묵히 비바람이 지나간 담배밭을 보는 외삼촌의 눈빛은 어둡고 쓸쓸했다.

'아직 한창인 담뱃잎을…….'

은숙이 외삼촌은 울고 싶었다. 그러나 문득 훌륭한 농부가 되고 싶다던 호기 말이 떠올랐다.

'약한 모습을 호기에게 보여선 안 된다. 이런 것을 견디며 다시 시작할 수 있어야 해. 정말 호기 말이 옳다. 훌륭한 농부는…….'

은숙이 외삼촌은 호기를 보았다. 호기는 낙심한 얼굴로 담배밭을 보고 있었다.

"호기야."

"네?"

"걱정 마라. 하느님은 나쁜 하느님이 아니니까."

"어떡해요? 농사를 망쳐서."

"새로 시작하는 게다."

"여름인데예?"

"늦으면 다시 새봄에 시작하지. 호기야."

"예."

"앞으로는 농사도 날씨가 좋기만 바라며 농사를 짓는 그런 농사를 지어선 안 될 거다. 홍수에도 가뭄에도 끄떡없는 그런 농사를 지을 연구를 해야 해."

"어떻게 그렇게 해요."

"연구해야지. 선진국에선 실내에서 농사 짓는 연구도 하는걸."

"예? 실내에서예? 어떻게예?"

호기 눈이 둥그레졌다.

"기후의 영향을 받지 않게 유리나 비닐로 집을 지어 난방하고 겨울에도 열매가 열릴 수 있도록 하는 연구를 하나 보더라. 사람이나 가축의 힘 대신 자동화된 기계로 힘은 덜 들이고 수확은 많이 거두는 그런 농사도 연구해야 해. 앞으로는 농산물도 무기만큼 중요한 산업이 될 거야. 사람이 먹어야 하는 농산물은 꼭 있어야 하니까. 하지만 사람들이 어떤 농산물을 좋아하는지도 연구해야 해. 사람의 입맛도 변하거든."

호기는 고개를 끄덕였다. 어떤 비바람에도 끄떡없이 농사를 지을 수 있는 방법, 겨울에도 수확하면서 힘은 덜 들이고 많이 수확할 수 있는 방법……. 호기는 비로소 더 열심히 공부해야 하는 까닭을 찾은 것 같았다.

이른 저녁까지 얻어먹고 호기는 은숙이네 집에서 나왔다. 은숙이 건네주는 옷 보따리를 들고 집을 향해 부지런히 걸었다.

집은 그대로 서 있었지만, 뒤꼍에 있는 대추나무가 부러진 채 쓰러져 있었다. 정말 큰비였고 바람이었다.

호기는 마당 옆 시내로 내려가는 돌층계 위에서 금을 묻었던 곳을 내려다보았다. 모두 떠내려가 버렸다. 커다란 바위도, 미루나무 두 그루도 흔적 없이 사라져 버렸다.

'그 많은 금을…….'

생각할수록 아깝다는 생각이 들었다.

'은숙이는 얼마나 마음이 아프겠노. 내가 바보 맨치로 물에 떠내려갈 것은 으찌 생각도 몬 했겠노.'

"정호기!" 하고 호기를 부르는 소리가 났다. 류 선생님과 담임 선생님이었다.

"선생님!"

"괜찮았구나. 걱정이 되어서 왔다. 혼자 무서웠지? 이제 괜찮다. 오면서 보니까 길이 무너지긴 했지만 걷기는 힘들지 않더라."

"선생님, 학교 마을은 어떻습니까?"

"말도 마라." 하고 류 선생님이 손을 흔들었다.

"대단했었다. 집이 떠내려가고, 나무가 넘어지고 며칠만 더 비바람이 그치지 않았음 학교도 위험했겠지. 학교 밑에 있는 그 큰 다리도 다 떠내려갔다."

"네? 그렇게 대단했나요?"

이번에는 담임인 우 선생님이 말했다.

"우리 반에서는 기태네가 정말 불쌍하게 되었다. 집은 떠내려가고, 아버지는 나무 밑에 깔려 다리를 다치시고……."

"기태네가예?"

"그래."

"기태네는 지금 어디 있나요?"

"학교 창고에서 우선 잔다. 내일쯤 새벽양지 빈집으로 이사 갈 모양이더라."

류 선생님이 다시 말했다.

"호기야, 이 동네로 학교 마을 사람들이 이사 올 모양이더라. 집 잃은 사람들이 한둘이 아니야."

"네에?"

호기는 입이 다물어지지 않았다. 그처럼 큰 피해를 보았으리라곤 미처 생각조차 못 했었다.

"호기야, 얼굴 봤으니 됐다. 우린 간다. 비가 와서 눅눅하니까 불 좀 때고 자거라."

"네."

호기는 인사를 드리고 나서 방 안으로 들어갔다. 그리고 조바심을 내며 비닐 장판을 조금 들었다.

'있다.'

반지 세 개가 어린 짐승처럼 숨어 있었다. 누가 볼세라 얼른 비닐 장판을 덮었다.

이튿날 학교에 가자 아이들이 환호성을 질렀다.

"호기야, 괜찮았구나. 우리 모두 걱정했어. 은숙아, 너거는 어떻노?"

"우리도 괜찮다."

수업은 제대로 되지 않았다. 6학년들이 길을 고치기 위해 나갔고, 호기네도 학교 안의 지저분한 것들을 치우기 위해 오전 수업을 했다. 부러진 나뭇가지며 사방에서 날아온 비닐 같은 쓰레기들로 운동장은 엉망이었다. 1학년까지 나와서 운동장 청소를 했다.

일을 끝내고 집으로 가기 위해 가방을 가진 아이들이 운동장으로 나왔을 때 누군가가 소리쳤다.

"무지개다!"

"우와 쌍무지개다!"

동쪽 만석봉 위에 다리처럼 나타난 선명한 무지개였다.

"무지개가 뜨면 비가 안 온닥 하더라. 이제 비가 그만 올란갑다."

"맞다. 우리 시야(형)도 그렇게 이야기하드라."

아이들은 모두 펄쩍펄쩍 뛰며 좋아했다. 아이들은 비가 무서울 수도 있다는 걸 처음 깨달은 것이다. 기태도 쌍무지개를 보며 환하게 웃었다. 말없이 쳐다보는 아이는 은숙이뿐이었다.

일기를 쓰고 나서 불을 끄려는데 밖에서 인기척이 났다.

"호기야."

은숙이 외삼촌 목소리였다.

"좀 들어가마."

방에 들어선 것은 은숙이 외삼촌 혼자가 아니었다. 머리가 길고 깡마른 청바지 청년도 함께였다. 배낭을 메고 있었고 옷은 더러웠다.

"호기야, 아저씨 대학 후배다. 몸이 아파 해인사로 정양하러 가는 길인데 날이 저물어 오늘 여기서 자고 날이 밝으면 떠나기로 했다. 하룻밤 신세를 지자."

은숙이 외삼촌이 말했고 머리 긴 청년은 미소를 머금은 얼굴로 "호기야, 잘 부탁한다." 하고 낮은 소리로 말했다.

"내일 아침 일찍 내가 올게. 어서 자."

은숙이 외삼촌이 떠나고 호기는 머리 긴 청년이랑 자리에 들었다.

"호기야, 혼자 무섭지 않아?"

"네, 견딜 만해요."

"장하구나."

어둠 속에서 머리 긴 청년이 호기 손을 잡으며 말했다.

청년의 몸에선 땀 냄새가 났다. 몹시 피곤했는지 그는 이내 코를 골았지만 호기는 잠이 오지 않았다. 야위었지만 아픈 사람 같지는 않았다. 뭔가 비밀을 지닌 사람 같았다.

'정양하러 해인사에 간다고? 찻길로 차 타고 가지 않고 왜 산을

넘어 해인사로 걸어가려는 걸까?'

돌마당 깊은 산을 넘으면 해인사라는 유명한 절이 있다는 것을 들어서 알고 있었지만 가본 적은 없었다. 예전에는 그 길을 이용하는 사람들이 많았다고 하지만 교통이 발달하면서 사람들은 산을 넘지 않고 차를 이용했다.

'왜 힘들게 산을 넘어…….'

이런 생각을 하다 호기는 잠이 들었다.

늦게 잠든 호기가 깊은 잠에 빠져 있는 새벽. 아직 동이 트기 전이었다. 은숙이 외삼촌이 호기네 마당으로 들어서며 휘파람으로 새 울음소리를 흉내 냈다. 그걸 신호로 문이 열리고 머리 긴 청년이 배낭을 안고 조심스럽게 나왔다. 은숙이 외삼촌을 기다린 게 분명했다.

마당을 나서며 은숙이 외삼촌이 낮게 말했다.

"자, 이거 얼마 안 되지만 받아. 바쁜 일 끝나면 내가 갈게. 창수 선배, 월하 스님께 미리 부탁했으니까 지낼 만할 거야. 너도 재형이처럼 우선 머리를 깎고 승복을 입어. 그럼 경찰도 어쩌지 못할 거야. 이 어둠이 오래가지 않을 거다. 뜻있는 사람들이 모두 유신에 반발하고 있어. 불편해도 조금만 참고 기다려. 호기 입을 통해 니 정체가 탄로 난다 해도 해인사로 간 줄 알 테니. 걱정하지 마."

"선배, 고맙습니다. 선배 덕에 여러 명이 목숨을 구했다고 들었어요. 형이 여기 있어서 얼마나 다행인지 몰라요. 근데 호기 괜찮을까요? 경찰이 냄새를 맡으면 형까지 위험해질 텐데."

"호기 입은 걱정하지 마. 내가 잘 이야기할게. 호기는 도시에서 부모를 잃고 세상 보는 눈이 달라졌을 거다. 잘 이야기하면 이해할 거야. 심지도 굳은 애고. 숨기는 것보다 아예 털어놓고 부탁하는 게 나아."

호기는 창에 해가 비친 후에 일어났고 머리 긴 청년이 떠난 것을 알았다.

그날 저녁 은숙이 외삼촌이 다시 호기네 집에 들렀다. 먼 곳에서 걸어온 듯했다.

호기는 은숙이 외삼촌 입을 통해 머리 긴 청년이 긴급조치 위반으로 쫓기는 대학생이란 걸 알았다.

은숙이 외삼촌의 이야기를 듣는 동안 호기는 북한처럼 단독 출마해서 당선된 대통령을 떠올렸다. 긴급조치 위반으로 머리 긴 청년처럼 도망 다니는 수많은 사람들을 생각했다.

'정말 국민을 사랑하고 생각하는 대통령이라면 우리 부모님 같은 사람들이 잘살도록 그런 법을 만들어야 하는 게 진짜 대통령이 아닐까. 혼자 대통령 오래 하려고 그런 법을 만들지 말고.'

이런 생각을 하며 호기는 대통령이 아닌 머리 긴 청년이나 은숙이 외삼촌 편을 들어야 한다고 마음먹었다.

"아저씨, 걱정하지 마세요. 절대로 말하지 않을게요."

호기는 진심으로 머리 긴 청년이 무사하기를 빌었다.

| 여름 방학 |

호기네 동네로 사람들이 모여들었다. 큰 비바람에 집을 잃은 사람, 집을 잃지는 않았지만 좀 나은 집을 찾아 아예 자리를 옮긴 사람들이었다.

돌마당의 빈집은 모두 채워졌다. 일순 할머니가 살던 주저앉은 집을 빼고 네 집에 모두 사람이 든 것이다.

학교 마을에서 가게를 하던 할머니와 할아버지, 경형이네 여섯 식구, 춘식이 아저씨, 경희네. 그래서 돌마당은 많은 식구를 새로 거느리게 되었다.

어느 집이고 옮겨 올 짐은 많지 않았다. 옮겨 온 짐을 정리하는 것보다 사람이 살지 않던 집을 깨끗이 치우는 게 더 힘이 들었다.

동네는 갑자기 반짝반짝 빛이 날 듯 훤해졌다. 마당의 풀을 뽑고 문을 바르고 마루를 닦아내고……. 어느 집에서나 사람 소리가 크게 들려왔다. 호기는 선희네가 살던 집에 자주 들락거렸다. 경형이네가 요란스럽게 집을 치우고 있었다.

그러던 어느 저녁, 호기는 경형이네서 저녁을 먹었다. 혼자 사는 호기를 저녁 식사 자리에 부른 것이다.

"이번 방학엔 모두 날 따라 산으로 가자. 올해 오미자가 다른 해보다 훨씬 일찍 익었다 카드라. 부지런히만 따마 겨울 양식이야 안 사겠나?"

경형이 할아버지가 식사하며 말했다. 그러나 귀담아듣는 아이는 호기뿐이었다. 4학년 경형이, 2학년 택형이 형제는 오랜만의 푸짐한 저녁에 매달려 정신이 없었다.

호기는 이미 알고 있었다. 이제 무슨 일을 해서라도 혼자의 힘으로 양식을 사고 생필품을 사야 한다는 것을. 뱀잡이 아저씨에게서 받은 돈과 진홍이 형이 주고 간 돈이 그대로 있고 여러 사람이 도와주고 있지만 호기는 늘 불안했다. 지금껏 호기 힘으로 이룬 것도 하나도 없었다. 스스로 무엇인가 할 수 있을 때 비로소 자신이 생길 것이다.

'오미자라 캤제. 열심히 따야겠어.'

호기는 밥을 먹으면서 생각했다.

그날 호기는 밤이 깊었는데도 잠은 쉬 오지 않는다.

'은숙이 아버지는 정말 어디로 가셨겠노? 그런 사람이 어디 있노? 말도 안 하고 사라지는 사람이. 은숙이에게라도 살짝 이야기하고 갔으마 그렇게 걱정하지는 않을 낀데. 정말 큰비 때문에 내를 건너다 끌려갔을까? 머리 긴 청바지 그 형은 잘 숨어 있을까? 또 쫓겨 다니지는 않을까?'

여름 방학 책을 받은 날은 햇볕이 쨍쨍했다. 학교 마을의 부서지고 무너진 집들이 쨍쨍한 햇볕 때문에 더 비참해 보였다. 사람들은 큰비가 남긴 상처를 아직 그대로 두고 있었다. 찾으려고만 하면 더 높은 골짜기에 빈집이 얼마든지 있었다.

"은숙아, 아버지 아직도 안 오셨나?"

이렇게 묻는 호기의 마음은 한없이 무거웠다. 즐거운 방학이지만 은숙의 얼굴에 내린 그늘이 호기에 옮고 있었다. 은숙은 힘없이 고개만 끄덕였다.

두 아이는 교문을 나왔다. 많은 아이가 방학 책과 통지표를 흔들며 교문을 빠져나갔다.

"같이 가자, 호기!"

기태가 소리치며 달려왔다. 학교 마을에 살다가 새벽양지로 이사한 기태였다.

세 아이는 집으로 향했다. 큰비에 시달렸던 벼들이 싱싱하게 몸을 세우고 있었다. 피해를 보지 않은 논이었다.

"호기야, 방학 때 뭐 할 끼고?"

기태가 물었다. 은숙은 묵묵히 걷기만 했다. '아버지 때문에 저러는구나.' 하면서도 호기는 모른 체할 수밖에 없었다.

"우리 동네에 이사 온 경형이 할아버지를 따라 오미자 따러 다닐 거야. 내 땀을 흘려서 뭔가 얻고 싶어. 남의 것을 그냥 얻어먹으니까 불안하고 조마조마해. 안 도와주면 어쩌겠노 싶고."

"넌 어른 같은 소릴 하는구나. 오미자가 뭔데?"

"산에 나는 열매라 카데. 약장수들이 사 간대."

"나도 갈까?"

"정말?"

"아니. 난 소를 먹여야 해. 이번 비에 남은 것은 소뿐이라."

"잘 가. 은숙아, 너도 잘 가. 개학해서 만나자."

기태가 손을 흔들며 새벽양지쪽으로 뛰어갔다. 그제야 앞서던 은숙이도 "잘 가!" 하며 손을 흔들었다. 여전히 어두운 얼굴이었다. 호기와 은숙은 한참 더 가야 한다. 기태의 모습이 완전히 사라졌을 때 호기는 참고 있었던 말을 하듯 입을 떼었다.

"은숙아, 너무 걱정 마. 너거 아버진 돌아오실 끼라."

"아냐. 암만해도 아버진 그때 물에 휩쓸렸나 봐."

"그럴 리가 없어. 어른이잖아."

"아냐. 할아버지도 요즘은 크게 걱정하셔. 소문을 내서 찾을 수도 없고……. 그래서 외삼촌이 나가셨어. 가만히 알아본다고."

'역시 그렇구나.' 하고 호기는 고개를 끄떡였다.

'은숙이 아버진 아직 숨어 다니고 있어. 그래서 그처럼 얼굴이 하얗게 야위었댔어.'

마음이 점점 어두워 왔다. 얼마나 큰 죄를 지었으면 아직도 숨어 다닐까?

"은숙아, 니가 나한테 준 반지, 도로 줄까?"

"아냐. 이제 금 같은 것은 필요 없어. 사실은 '그 금으로 어머니를 구할 수 있을까?' 하고 생각했었어. 이젠 다 글렀어."

은숙은 고개를 흔들었다. 시원한 바람과 함께 산나리꽃 붉은빛이 나타났다. 산나리꽃은 두 아이가 올라선 언덕 위에 무진장 피어 있었다.

'은숙이는 그 금에 큰 희망을 걸고 있었구나. 정말 그럴지도 모른다. 그 금은 굉장했었으니까. 혼자 어머니를 구하려다 모두 잃고 말았어.'

내리막길을 말없이 걸었다. 개울을 건너고 풀밭을 지났다. 말없이 갈림길에 섰다.

"호기야, 잘 가. 방학 때 놀러 와."

쓸쓸한 얼굴로 은숙이 말했다.

"잘 가."

호기는 인사해 놓고 움직이지 않았다. 은숙의 뒷모습을 오랫동안 지켜보았다.

'내가 도깨비라 카마 "은숙이 어머니 나오시소, 뚝딱! 아버지도 은숙이 속 썩이지 마시고 나오시소, 뚝딱!" 하겠는데. 그 금만 안 떠내려갔어도 좋았을 긴데. 그 금을 남기고 돌아가신 할아버지는 되게 부자였는가비라.'

이런 생각을 하며 호기는 걸음을 떼었다. 천천히 걸어 마을로 들어섰다. 이제는 쓸쓸한 느낌을 싹 씻어 버린 마을이었다.

"학교 갔다 오나? 방학했제?"

"예."

경형이 할아버지가 공터 느티나무 너른 그늘에서 혼자 막걸리를 마시다가 말을 걸었다. 술 가게도 없는데 할아버지는 종일 얼굴이 벌겋다. 아침에 눈을 뜨면 가게가 있는 '도가뜸'부터 다녀오신다고 사람들이 수군거렸다.

"니 내일부터 날 따라가자. 응?"

"어딜예?"

"어디긴? 돈 벌러 가야지. 오미자 따러 가자."

할아버지가 눈을 부릅뜨고 호기를 노려보았다.

"너, 놀고 묵을라꼬 여기 들어왔나? 그라마(그러면) 안 돼여. 산이 깊어야 범이 있다꼬, 큰 인물이 되려면 고생 좀 해야지."

"알았습니다. 경형이도 가지요?"

"아이다. 그놈 아는 방학 숙제해야 한다고 안 간단다. 미련한 놈. 공부도 못 하는 주제에. 넌 진짜 공부 1등이제?"

"어데예(아뇨)."

"이런 시침은. 내 다 안다. 니 통지표 좀 보자."

"왜 캐요? 할아버지는."

"어서 줘 봐라. 이놈아야."

할아버지가 얼른 여름 방학 책을 빼앗았다.

"그 책 속에 있어예."

할아버지가 책을 탈탈 털어 냈다. 떨어지는 통지표. 할아버지가 그것을 주워 대강 훑어보는데 통신란이다.

"기가 막히게 잘했다. 특등이구나."

할아버지는 까막눈이다. 잘한다는 소문만 믿고 지레짐작인 것이다. 호기가 그것을 알고 빙그레 웃으며 통지표를 받아 방학 책 사이에 끼웠다.

"할아버지, 내일 일찍 산에 가예?"

"일찍 서둘 것 없다. 아침 해 묵고 천천히 가자. 너무 빨리 가면 아침 이슬이 덤벙해서. 그리고 난 아침잠이 많아서 빨리 못 일어

난다."

그러나 늦잠을 잔 것은 호기였다.

"야야, 아즉도 자나? 퍼뜩 일어나서 아침 지어라. 여기 열무김치 갖다 놓고 간다. 내 도가뜸에 다녀올 것인깨 준비해 놔라."

경형이 할아버지 음성에 호기는 눈을 떴다. 벌써 해가 돋아 있었다. 호기는 벌떡 일어나서 문을 열었다.

"할아버지, 술 마시러 가시지예? 퍼뜩 오셔야 합니대이."

"온냐, 온냐. 내 술 먹어도 정신은 말짱하다."

호기는 바쁘게 아침 준비를 했다. 할아버지가 부엌 부뚜막에 갖다 놓고 간 열무김치 때문에 입에 침이 괴었다.

요즘 호기는 반찬 걱정을 안 한다. 창숙이 이모도 가끔 들리지만 동네 아주머니들이 하루씩 돌아가며 갖다주기 때문이었다. 따뜻한 인심도 인심이지만 금방 상하는 여름 음식이라 나누어 먹자는 뜻도 담겨 있었다. 아무튼 큰 시름을 던 셈이었다. 사람들의 입방아에 오른 것은 경형이 할아버지였다. 할머니도 계시는데 꼭 음식 그릇을 들고 다녔다.

"영감탱이, 할매보고 가져가락 하마 되겠구먼. 꼭 당신이 안 들고 다니나."

"와 아이라. 나서고 싶어 못 사는 심사인 기라."

동네 아주머니들이 흉을 보지만 할아버지는 모르는 눈치였다.

아침을 먹은 호기가 도시락까지 쌌을 때 "가자!" 하는 소리가 마당 밖에서 났다.

"예."

호기는 밖으로 뛰어나갔다.

경형이 할아버지는 산속으로 들어갈 준비를 단단히 하셨다. 긴 옷에다 장화까지 신고 계셨다. 호기도 어제 경형이 할아버지가 일러준 대로 단단히 준비했다. 장화는 없지만 은숙이 외삼촌이 준 옷 중에서 긴 바지도 찾아 입고 모자도 챙겼다. 창숙이 이모네가 준 작은 배낭에 도시락도 넣었고 손에는 헝겊 가방을 들었다.

산에 오르는 할아버지는 점점 근엄한 얼굴이 되어 갔다. 좀처럼 입을 떼지 않았다. 호기는 숨이 차서 할아버지를 따르기가 힘들었다. 할아버지는 자꾸만 올라갔다. 벌써 호기 뺨에는 생채기가 났다. 가시덤불에 할퀸 것이다. 그러나 호기는 뺨을 쓸어 볼 겨를도 없이 움직였다. 할아버지 걸음은 점점 빨라졌다.

"할아버지!"

잠깐 한눈을 파는 사이에 할아버지 모습이 사라져 버렸다. 깊은 산속, 햇빛도 들지 않는 수풀 속이라 소리는 퍼지지 못하고 갇혀 버렸다.

"할아버지!"

호기는 울먹이며 소리쳤다.

"야야, 여기다 뭐 하노? 퍼뜩 안 오고."

앞쪽에서 할아버지 소리가 들려왔다.

호기는 허겁지겁 쫓아갔다. 할아버지는 풀밭에 앉아 담배를 태우고 있었다.

"할아버지, 어디까지 가야 해예?"

"녀석, 덤불이 커야 도깨비도 나오는 법이다. 이제 이 근처를 살펴보자."

할아버지가 일어섰다. 사방을 살피던 할아버지가 묵묵히 걷더니 "호기야, 이게 오미자다." 하고 붉은 열매를 가리키며 말했다.

산비탈, 돌이 많은 곳에 넝쿨들이 자라고 있었다. 빨간 열매가 탐스럽다.

"이 열매가 오미자 열매라예?"

호기는 기쁨을 감추지 못하고 말했다.

"그래, 어서 따거라."

두 사람은 빠르게 손을 움직였다. 붉은 구슬 같은 게 잎겨드랑이에 달려 있었다. 오미자 넝쿨이 높은 나무를 타고 올라가기도 했다. 낮은 곳은 호기가 높은 곳은 할아버지가 딴다. 가볍게 몸을 날려 나무 위로도 올라가 딴다.

'귀신같다. 어찌 저리 날래겠노?'

따다 말고 호기는 할아버지를 보았다. 할아버지 손은 정말 빨랐다. 멍하게 보고 섰는데 할아버지가 소리쳤다.
"뭐 하노? 퍼뜩 따지 않고. 가자, 다른 곳으로."
"딸 게 아직도 많은가예?"
"더 많은 곳으로 가야지."
 할아버지가 재빠르게 걸어갔다. 참으로 달라진 모습이었다. 마을에서는 늘 힘이 없어 보이고 꾸부정한 모습이었다.
 점심시간이 넘도록 호기는 땀을 흘렸다. 할아버지는 큰 배낭을 가득 채웠지만 호기는 반도 못 채웠다. 호기는 갑자기 부끄러워졌다.
"자, 이제 점심을 먹고 내려가자."
 개울가에 자리를 잡으며 할아버지가 말했다.
"벌써 가예? 난 아직 요것밖에 못 땄는데……."
"그만 하마(면) 되었다. 한술 밥에 배부르겠나? 내일은 더 많이 딸 수 있을 끼다. 어서 밥 먹자."
 호기는 부끄러운 대로 도시락을 풀었다.
"할아버지, 이 열매로 무슨 약을 해예?"
"오미자는 다섯 가지 맛, 단맛, 신맛, 쓴맛, 짠맛, 매운맛이 난다고 하여 붙여진 이름이다. 차로 마시기도 하고 약재로도 쓰는데 면역력이 좋아지고 간 건강 보호에 아주 좋단다. 오미자는 가래 제거와 기침 멎게 하는데도 효과가 있어서 감기나 기관지염

예방에도 도움을 준다고 하더라. 적게 땄다고 부끄러워할 것 없다. 처음부터 많이 딸 수는 없다. 나는 벌써 40년을 넘게 산에 올랐는데 그렇게 쉽게 산이 너를 도와주겠나?"

호기는 고개를 끄덕였다. 갑자기 할아버지가 훌륭해 보였다.

정말 호기는 오미자를 점점 잘 따게 되었다. 할아버지처럼 열심히 손을 놀렸고 할아버지를 놓치지 않기 위해 눈을 번뜩이며 쫓아다녔다.

호기네 마당에는 오미자 열매가 늘어갔다. 할아버지가 갖다준 비닐을 펴고 열매를 말리는데 어느새 마당 한쪽을 차지하고 있었다. 열흘. 호기는 꼬박 열흘을 다녔다.

호기의 모습은 말이 아니었다. 가시와 나뭇가지에 긁힌 자국과 새까매진 얼굴. 그래도 호기는 싫다 하지 않고 할아버지를 따라다녔다.

"너도 대단한 놈이다. 크면 아주 큰 인물이 되겠어."

경형이 할아버지도 나중에는 혀를 내두를 정도로 호기는 억척스럽게 오미자를 따 모았다.

열하루째 되는 날이었다. 오미자를 따고 내려오는 길인데 할아버지가 문득 걸음을 멈추었다. 할아버지가 코를 킁킁거리며 눈을 날카롭게 빛냈다.

"할아버지, 왜 캐요?"

할아버지는 대답하지 않았다. 덤불 속으로 한 발 한 발 걸어 들어갔다. 허리를 굽힌 할아버지가 미친 듯이 덤불을 걷어냈다. 가시덤불을 맨손으로 걷어내는 할아버지는 미친 듯이 보였다.

"할아버지!"

할아버지가 흙을 헤치기 시작했다. 할아버지 귀에는 호기의 놀란 소리가 안 들리는 모양이었다.

이윽고 할아버지는 무 뿌리 같은, 어쩌면 사람의 모습처럼 생긴 뿌리 하나를 파내었다.

"하하하! 심봤다!"

할아버지가 웃음을 터뜨렸다.

"할아버지, 그게 뭔데예?"

"산삼이다. 몇십 년은 족히 되었을 끼다. 팔자 고치게 되었다, 이제. 가만! 어쩜 이 근처에 또 있을지 모르겠다."

할아버지는 이끼를 뜯어 산삼을 소중하게 싼 뒤 근처를 샅샅이 뒤지기 시작했다. 그러나 두 번 다시 할아버지 웃음소리는 터지지 않았다.

"가자. 이것 하나뿐이다."

할아버지는 기쁨을 감추지 못하고 연신 싱글벙글 웃었다.

"할아버지 그거 먹으면 무지무지하게 심(힘)이 세어진다는 거지요? 만화책에서 보았어예. 산삼을 먹더니 커다란 바위도 가볍게 들어내고 커다란 나무도 쑥 뽑아내던데예."

"니 말이 맞다. 이 산삼을 먹으면 건강해지고 병에 잘 안 걸린다고들 하지."

"할아버지도 이제 그걸 잡수시면 장사가 되시겠네요, 그지요?"

호기는 제가 장사라도 된 듯 신이 나서 물었다. 오늘은 산을 내려가는 걸음이 가뿐했다. 다른 날처럼 오미자 배낭도 무겁지 않았다.

"녀석, 다 늙었는데 심이 세면 뭐 할 기고? 팔아서 양식 사야지."

어느새 산에서 내려왔다. 할아버지는 어깨춤을 추며 집으로 들어갔다.

호기는 오미자 열매를 마당에 널어놓고 나서 시냇가로 내려가 옷을 벗었다. 산을 헤매며 오미자를 따는 동안 옷은 몇 번씩 땀에 젖었다가 마르곤 했다.

'은숙이 외삼촌이 옷을 줘서 잘 입는다.'

시냇가에는 호기 옷들이 널려 있다. 목욕하고 나서 바로 옷을 입을 수 있게 시냇가에 빨랫줄을 마련한 것이다. 빨랫줄에서 어제 빨아 둔 옷을 내려 입고 호기는 다시 빨래를 시작했다. 목욕했지만 가슴엔 아직도 불덩이 같은 더위가 남아 있었다. 방학하는 날부터 계속 불볕더위였다.

눈이 감긴다. 더위 속에서 오미자를 딴 피로가 한꺼번에 몰려왔다. 이제 한잠 자고 나서 어제저녁 학교에서 빌려 온 책을 읽으리라 생각하는데 떠들썩한 소리가 밖에서 났다. 경형이 할아버지 집 쪽이었다.

'또 무슨 일이지?'

호기는 밖으로 나왔다. 낮잠을 잠시 미루고 경형이네 집으로 갔다.

"봐라! 이거 진짜 산삼이다."

경형이 할아버지 소리가 마당에 가득했다. 돌마당 사람들이 모두 모였다. 아이들까지 모였다.

"할멈, 잘 지키구 있어."

경형이 할아버지는 이끼에 싼 산삼을 마당 구석 감나무 그늘에 묻고 나서 장화를 신은 채 바삐 마당을 나갔다.

"이 더위에 어딜 가예?"

할머니가 소리쳤다.

"장터 마을에 내려가서 산삼 살 사람을 구해야지. 그거 할멈 먹으라고 할 줄 알았남?"

경형이 할아버지가 마당을 빠져나가다 말고 말했다. 모두 웃었다.

호기는 집으로 돌아와서 잠을 청했다. 산에 다니기 시작하면서부터 낮잠으로 피로를 풀어 왔다. 저녁에 책을 보기 위해서는 낮

잠이 좋은 약이었다.

그날 저녁 돌마당으로 사람들이 줄을 이어 왔다. 장터 마을이라는 면 소재지의 한약방 주인이며 도가뜸 사람, 멀리 남곡에서 온 사람까지 경형이네 마당이 그득했다. 사람들이 산삼을 구경한다고 모인 것이다. 어른들을 따라서 아이들도 모여들었다. 기태 얼굴도 보였다. 기태가 반갑게 웃으며 낮은 소리로 말했다.

"호기야 너도 보았나? 산삼."

"응. 캐는 것도 봤는데."

"값이 점점 올라가고 있어. 아까 한약방 주인아저씨가 70만 원까지 내겠다고 했는데 할아버지가 안 판대. 백만 원은 줘야 판다 캐."

"백만 원?"

"응."

"와!"

왁자하던 사람들이 떠나가고 마을 사람들만 남았다. 경형이 할머니가 말했다.

"에구, 영감도 고만 70만 원 준다 칼 때 팔지 않구."

"어허, 그 도둑놈 같은 것들 좋으라고 그냥 내 줘? 서울 가면 2백만 원은 받는다 카는데."

그러나 산삼을 사겠다는 사람은 더 이상 나타나지 않았다. 감나무, 산삼을 묻어 둔 그늘에 천막을 친 할아버지는 거기서 자며 산삼을 지키고 있었다. 밤에는 할머니와 번갈아 가며 잠을 자지 않고 지켰다.

할아버지는 잠을 못 잔 얼굴로 술을 마시며 욕하기 시작했다.

"나쁜 놈들. 와 아무도 산삼 사러 안 오노?"

"아유, 영감도. 그만 그때 팔아 치우지 않고."

"아, 시끄러워! 곧 나타날 거야. 어마어마하게 돈을 가진 부자가 나타날 거야."

싸움은 날마다 점점 심해졌다. 산삼 때문에 동네가 시끄럽게 되었다고 모두 걱정하던 어느 날 밤이었다. 다시 경형이 할아버지와 할머니가 목소리를 높이며 싸우기 시작했다.

"에구, 이놈의 산삼 때문에 집구석 망하겠다."

할아버지 고함을 들으며 동네 사람들이 모여들었다. 호기도 경형이네 집으로 갔다.

"아니, 영감님!"

사람들이 기겁하며 소리쳤다. 할아버지가 산삼을 꺼내 입으로 아작아작 씹어댄 것이다. 아무도 말릴 사이가 없었다. 이끼에 싸여 흙에 묻혔던 산삼을 꺼내 아작아작 씹어 뱉어 버리는 할아버지를 놀란 눈으로 보았다.

"에이, 시원타. 그놈 산삼 때문에 사람 망칠 뻔했다. 할멈, 미안

해요. 내가 돈에 눈이 어두워 할멈에게 욕하고 그랬지. 이제 그만 잡시다. 할멈도 그동안 잠을 못 잤지?"

할머니는 울기만 했다. 할아버지가 안으로 들어가더니 이내 코 고는 소리가 들려왔다.

"산삼을 먹으면 힘이 세어진다는데 2백만 원짜리 산삼 우리나 주워 먹자."

경형이 아버지가 말했다.

그러자 어른들이 우르르 허리를 굽히고 할아버지가 뱉어 버린 산삼을 줍기 시작했다. 아주머니와 아이들이 웃음을 터뜨렸다.

"아이고, 우리 동네 장사들이 생기겠네. 이제 고만 집에 갑시다."

산삼 때문에 너무 골머리가 빠진 것일까. 경형이 할아버지는 앓기 시작했다. 호기는 혼자서 오미자를 따며 할아버지를 걱정했다.

'내일부터는 오미자를 그만 따야겠다. 개학 준비도 하고.'

그러던 어느 날, 아침을 짓는데 밖에서 발자국 소리가 났다.

"벌써 밥 하나?"

경형이 할머니였다. 콩자반을 들고 부엌으로 들어왔다.

"이거 좀 먹어 봐라. 여름이라서 뭐 줄 게 있어야지. 금세 쉬어 싸서. 간장은 있지?"

"예. 저번에 경희네가 준 게 아직도……."

"고생도……."

"할아버지는 좀 어때예?"

"아무래도 오래 못 사실 것 같다."

"할머니 제가 면소에 가서 공의 선생님 모시고 올까요?"

"아니다. 어제 경형이 아배가 김천에 가서 한약 지어 왔다. 우선 그것 좀 먹어 보고."

|새로운 출발|

 가을이 생각보다 일찍 들어선 손님처럼 찾아왔다. 숨었다가 나타난 것처럼 고추잠자리가 갑자기 많아지고 밤에는 풀벌레들이 울기 시작했다. 돌마당 사람들이 모두 가늘어 가는 경형이 할아버지의 숨결에 귀를 기울이고 있을 때 가을은 아름답게 깊어 갔다.
 개학과 함께 시작된 운동회 연습 때문에 바빠진 호기였지만 틈을 내어 편지를 썼다. 진홍이 아저씨에게 가을 소식을 보낸 것이다. 울타리의 나무 끝에 앉았다가 바람이 불면 방향을 바꾸는 잠자리 이야기며 멋없이 무성하기만 하던 들풀들이 곱고 고운 꽃을 피우고 있다고 자세히 썼다.

형, 큰바람에 감이며 호두는 가지가 휘어질 것 같아요.
벌써부터 과일 장수들이 찾아옵니다. 시간이 있으면 한번 다녀가세요.
얼마나 자랑스러운 나무인가 보여 드리고 싶어요.

편지를 보내고 나서 며칠 후에 호기는 집배원 아저씨가 주는 엽서를 받았다. 김진홍 아저씨가 보낸 엽서였다.

사랑하는 호기야.
네 편지엔 돌마당의 가을빛이 가득 출렁이고 있더구나.
힘든 일이 있어도 너를 생각하면 힘이 난단다.
우리 호기도 견디어 내는데 나도 힘을 내야지.
이렇게 생각하며 나도 호기의 자랑스러운 형이 되기 위해
있는 힘을 다한단다.
호기야, 우리 힘내서 열심히 살자.
멋진 농부가 되겠다는 너의 꿈을 내가 응원하마. 호기야 고맙다.
네가 나의 희망이듯이 나도 너의 희망이 되는 사람이 되도록
노력할게.

초록색 잉크로 쓴 엽서를 읽으며 호기는 자기 몸속으로 새로운 사람이 들어온 것 같은 느낌을 받았다. 호기인데 전혀 새로운 호

기. 힘든 일도 거뜬히 이겨 내는 새사람이 된 호기였다.
'형, 고마워. 형의 기대에 어긋나지 않는 멋진 호기가 될게요.'
호기도 정성껏 답장을 썼고 다시 편지가 왔다. 편지를 주고받았을 뿐인데 호기는 어른이 된 것 같았다. 호기는 김진홍 아저씨의 편지를 더 받고 싶어 꼬박꼬박 답장을 보냈고 김진홍 아저씨도 그런 호기의 마음을 알고 정성스러운 답장을 보내 주었다.

돌마당의 가을이 무르익어 갔다.
호두가 하나씩 툭툭 떨어지기 시작했다. 딸 때가 된 것이다.
"내일 오후에 우리 집에 올래?"
가을이 깊어지던 어느 날 호기가 기태에게 말했다. 운동장에서였다.
"뭐 하는데?"
"추자(호두) 딸라꼬. 학교 마을 추자는 모두 따냈드라. 그러니 장대도 쉽게 빌릴 수 있을 끼라."
"많이 달렸나?"
"응."
"가께. 내일 소 먹이러 가야 하는데, 소는 너거 동네 산에서 먹이면 될 기라. 은숙이도 가나?"
"응. 아까 이야기해 놨어. 아침 먹고 온대."

"알았어, 내일 갈게."

이튿날 세 아이는 호두를 땄다. 호기와 기태는 나무에 올라 장대로 가지를 툭툭 치고 은숙이는 밑에서 주워 모았다. 경형이와 동네 꼬마들이 모여들어 은숙의 주워 모으는 일을 도왔다.

호두는 치는 대로 자꾸 떨어졌다. 호기와 기태는 높은 가지 여기저기를 옮겨 다니며 호두를 털어냈다. 호두를 주워 모으던 은숙이가 호두 벼락을 맞고 고함을 질렀다.

"사람 보면서 때려. 머리 깨지겠어."

은숙이 밑에서 눈을 흘겼지만 호기와 기태는 듣는 척도 안 했다.

"은숙아, 벼락이다. 피해라."

나무 위에서 기태가 소리쳤다. 그러나 피하기도 전에 벼락은 머리 위로 떨어졌다.

"하, 하, 하!"

은숙은 나무 위에서 쏟아지는 웃음소리를 들으며 고함을 질렀다. 그러더니 은숙도 웃고 말았다.

"이 호두 따는 도깨비들아!"

"하하하!"

호두는 단단한 비밀을 간직한 사람처럼 두 겹의 껍데기를 가지고 있다. 풀빛 껍데기를 벗겨 내면 단단하고 깨기 어려운 씨가 나오는데 그것을 깨면 아주 고소한 알맹이가 들어 있다.

타닥타닥 부지런히 호두나무를 털었다. 바쁜 것은 오히려 은숙이와 동네 아이들이었다. 부지런히 주워 모으지만 계속 떨어졌다. 벌써 가마니가 가득 찼다.

아이들의 이마에서 땀이 흘렀다. 모두 열심히 했다. 두 가마니를 채우고 나서 일이 끝났다. 해가 서쪽 산 위에 간신히 걸려 있었다.

동네 꼬마들에게 호두를 쥐여 보낸 호기는 기태 몫과 은숙이 몫으로 두 보따리를 쌌다.

"감 딸 때도 좀 도와줘."

호기가 기태에게 묵직한 호두 보따리를 내밀며 말했다. 은숙이 몫도 한 보따리다.

"고맙데이. 이 추자 다 뭐 할 기고?"

"팔아야지. 올해는 값이 좋대."

"응. 올해 호두 딴 사람들 부자 되었다 카더라."

오래 이야기할 수가 없다. 골짜기의 해는 기울기 시작하면 정신이 없다. 벌써 숲 저쪽이 어둑해지고 있었다.

"우리 간다. 호기야, 고맙다."

은숙이 밝은 얼굴로 말했다.

"품값이 적어서 미안타. 잘 가재이."

"어. 잘 있거래이."

어지러운 마당을 대강 치워 놓고 호기는 손을 씻기 위해 시내로 내려갔다.

'내년 봄엔 이 시냇가에 추자나무를 심자. 마당에는 감나무를 심고. 그래서 작은 과수원을 만들어야지. 내년 봄엔 꽃밭도 만들고…….'

피곤했지만 마음은 상쾌했다. 내일은 경형이 아버지에게 부탁해서 호두를 팔아야지. 이런 생각을 하며 호기는 저녁 지을 준비를 시작했다.

'선생님과 진홍이 형에겐 큰 놈으로 추려서 드려야겠어.'

그날 밤 호기는 나무를 심고 꽃을 가꾸는 꿈을 꾸었다. 아버지 어머니가 푸른 산 너머에서 날아와 과일나무를 심었다.

"호기야."

"예."

"네 생각 하나에 달렸다."

"뭘 예?"

"골짜기에 산다고 모두 바보스럽고 못 사는 게 아닌께. 농사짓는 것을 부끄러워하지 말아라. 그래도 땀 흘리며 가을걷이할 때가 가장 행복했었다. 이 애비는."

"아버지, 저도 조금은 알 수 있어예. 남이 해 주는 나무를 땔 때 하고 제가 해 온 나무를 땔 때 하고 그 기분이 영판 틀린 기라예."

"알아듣게 이야기하려면 호기, 니가 더 커야 한다."

잠이 깨었을 때는 일요일 아침이었다.

오랜만에 대청소를 했다. 그리고 다시 진홍이 형에게 편지를 썼다.

가을볕이 따스하게 방 안 깊이까지 스며들었다. 바람이 불 때마다 들국화 향기가 진하게 날아왔다.

편지를 쓰고 나서 어제 딴 호두를 팔기 위해 경형이네 집으로 갔다. 마을 사람들이 모두 마루에 앉아 있다.

"무슨 일이지, 회의가?"

호기가 경형이에게 묻는데 경형이 아버지가 말했다.

"호기, 너 마침 잘 왔다. 너도 우리하고 이사 가자."

"이사라니예?"

호기는 문득 혼자만 따돌림을 받은 것 같은 생각에 빠졌다.

"응. 이번에 학교 마을에 전기가 들어온다 안카나. 태풍 때문에 무너진 집들도 새마을 사업으로 다 수리해 준대. 지붕도 스레트 지붕으로 싹 갈아주고. 그래서 다시 학교 마을로 이사 가기로 했다. 집수리가 끝나면 바로 내려갈 끼다. 우리 농토가 그쪽에 있은께 우리가 가야지. 농토를 떼어 옮길 수는 없지."

'그렇구나. 그런 의논들을 하고 있었구나.'

"어쩔래, 너는?"

"저는 그냥 여기 있을랍니다."

"혼자? 여긴 전깃불도 안 올 낀데?"

호기는 서둘러 다른 말을 꺼낸다.

"경형이 아버지, 우리 추자 다 땄는데예 좀 팔아 줘예. 거진(거의) 두 가마라예."

"그래 알았다. 니도 내려갈 땜이 있으면 같이 가자. 환한 동네에서 같이 살아야지."

"고맙습니다. 생각해 볼게요."

호기는 터덜터덜 집으로 돌아왔다.

'그동안 정이 들었는데……'

호기는 툇마루 끝에 앉아 하늘을 보았다. 푸른 하늘과 함께 눈에 잡히는 게 있었다. 붉은빛 홍시였다.

"벌써 홍시가 되었네. 우리가 도시에 갔을 때는 누가 이 감들을 땄겠노?"

호기는 일어서서 이 감나무 저 감나무를 살폈다. 홍시가 더 있다. 이제 가을이, 진짜 가을이 온 것이다.

호기는 사다리를 빌려다 홍시를 다섯 개나 땄다. 침이 꿀꺽 넘어갔다. 문득 눈앞으로 날아든 새처럼 경형이 할아버지 얼굴이 떠올랐다.

호기는 홍시 세 개를 접시에 놓고 두 개는 그릇 속에 숨겼다.

'은숙이네는 감나무가 없어. 두 개는 은숙이에게 줘야지. 나는

난중에 얼마든지 먹을 수 있은께.'

호기는 홍시를 들고 경형이네 집으로 갔다. 모여 있던 사람들이 다 떠나고 집은 조용했다.

"할머니, 할아버지는 좀 어때예?"

할머니는 툇마루 끝에 시름없이 앉아 있었다. 가을볕이 할머니의 세어버린 머리 위에서 하얗게 빛났다. 무얼 생각하시는 걸까? 호기가 들어서는 것도, 인기척도 듣지 못하고 멍하니 서쪽 하늘만 봤다.

"할머니."

"아이 깜짝야. 호기구나. 아이고, 그거 홍시 아이가?"

"예. 첫 홍시입니다. 할아버지 드릴라꼬예."

할머니는 '너나 먹지.' 하면서도 얼른 받아 방으로 들어갔다. 그러나 할아버지는 깊이 잠들어 있었다.

"나중에 오너라. 주무신다."

할머니가 조용한 소리를 냈다.

"어서 일어나셔야 할 겐데예."

"이젠 희망이 없다. 워낙 술을 많이 잡수신 데다······."

"난중에 다시 오겠습니다."

"그래 고맙다. 홍시까지······."

호기의 마음은 점점 쓸쓸하게 움츠러들었다. 할아버지 집을 나오며 사방을 둘러본다. 아침에는 그처럼 아름답게 보이던 주위가 모두 쓸쓸한 빛을 내고 있었다. 조금씩 색깔이 변하기 시작한 먼 산과 언덕 위에서 긴 목을 흔드는 억새가 쓸쓸해 보였다. 구절초가 하얀 눈처럼 언덕을 덮었다. 아름답지만 쓸쓸해 보이는 하얀 꽃. 눈이 부셨다.

호기는 자신도 모르게 언덕 위에 올라가 앉았다. 새집 속을 들여다보듯 돌마당 다섯 집이 모두 눈에 들어왔다.

'나도 어디론가 가 뿌렸으면 좋겠다. 모두 떠난다고 한께, 나도 가고 싶어. 경형이 할아버지가 오래 사셔야 하는데……'

이런 생각을 하며 쓸쓸히 앉아 있는 호기 눈에 누가 하얗게 뛰어오는 게 보였다.

'누고? 우리 마을로 뛰어오는 게.'

호기는 일어섰다. 하얀 옷은 점점 커지면서 마을로 들어섰다.

"은숙이 아이가?"

호기는 언덕을 내려와 뛰기 시작했다. 은숙은 호기네 집으로 들어서고 있었다.

"은숙아!"

호기가 소리치며 마당으로 들어섰다.

"호기야, 우리 아버지 돌아오셨어!"

"아버지? 너거 아버지 말이가?"

"응, 어머니도. 그리고 나 내일 서울로 전학 간다."

은숙이 숨 가쁘게 말했다.

'서울로 전학?'

기뻐해야 한다고 생각했지만 호기의 마음은 무겁기만 했다.

"잘되었다. 정말 기쁘다."

가까스로 한마디를 했다. 아버지와 어머니를 만난 것은 기쁘지만 은숙도 마을 사람들처럼 떠나려 한다.

"고마워. 그리고……."

은숙이 다시 입을 떼었다.

"그때 그 금도 찾았어. 물에 떠내려간 게 아니었어."

"도대체 무슨 소리를 하노? 같이 보았지? 그 금 상자는 물에 떠내려갔어."

"아냐. 그러니까 아버진 내 가방 깊숙한 곳에 숨겨 둔 일기장을 본 거야."

은숙이 아버지가 은숙이 일기장을 꺼낸 것은 자정이 넘어서였다. 오랜만에 딸의 얼굴을 본 아버지는 잠을 이룰 수가 없었다. 은숙의 공부한 모습이나 보자고 가방을 열었는데 놀라운 비밀을 적은 공책이 나왔다. 일기장이었다. 가방 속의 비밀함, 지퍼 속에서 나온 은숙이의 일기장이었다.

'…… 나는 할아버지와 외삼촌에게도 이야기 안 했습니다. 어쩌면 그 금으로 어머니의 많은 빚을 갚을 수 있을지도 모릅니다. 사람들은 어머니가 그 돈을 어디다 숨겼다고 합니다. 아버지가 가지고 내뺐다고도 합니다. 나쁜 어머니지만 나는…….'

은숙이 아버지는 얼른 일기장을 넘겼다. 대강대강 읽는데 드디어 금을 숨겨 둔 장소가 나왔다.

'호기와 같이 호기네 집 옆 냇가에 금을 숨겼습니다. 커다란 바위 밑에 숨기면서…….'

은숙이 아버지는 온몸이 떨리는 것을 느꼈다. 불을 껐지만 찾아오는 것은 잠이 아니라 금 상자였다. 이튿날 은숙이 아버지는 쉬려고 했지만 참지 못하고 집을 나섰다. 처음 호기네 집을 찾는 게 힘들었지, 금을 찾는 것은 아무것도 아니었다.

'굉장하구나! 이 금을 팔면 모든 빚을 갚을 수 있겠다. 이제 나도 정신을 차려야지. 도박 따위는 하지 않겠어. 은숙이가 너무 불쌍하다. 이렇게 슬픈 마음을 가지고 사는 줄은 몰랐어. 은숙아, 조금만 참아다오. 내가 떳떳한 모습으로 나타나마.'

은숙이 아버지는 미리 준비한 가방 속에 금을 쏟아 넣고 상자는 냇물에 버렸다. 하늘이 잔뜩 흐려 있었다.

'은숙아, 미안하다. 네가 나를 구해 주는구나. 이제 정말 좋은 아버지 노릇을 하마. 다시 시작하는 거다, 다시. 엄마도 모시고 은철이도 데려와서 떳떳하게 살아 보자. 난 너무 욕심을 부렸다. 땀을 안 흘리고 돈을 모으려고 했어. 호기라고 했지? 네 친구. 그놈, 되었더라. 땀 흘려 얻은 것은 쉽게 없어지지 않는다. 나는 그걸 알면서도…….'

은숙이 아버지는 산길을 걸어 찻길까지 내닫듯 걸었다. 조금씩 비가 떨어졌다. 버스를 탔을 때 장대 같은 비가 쏟아졌다. 서울에 올라간 아버지는 모든 것을 빠르게 처리했다. 그래서 어머니와 함께 내려온 것이다.

은숙의 이야기를 다 듣고 난 호기는 다시 기쁨과 슬픔 같은 것을 함께 느꼈다.

'기뻐해야 해. 나도 겪어 보았잖아. 은숙인 어쩜 나보다 더 외롭게 지냈을지도 몰라. 축하해 줘야 해.'

더 이상 생각할 게 없다. 호기는 기쁜 얼굴로 말했다.

"은숙아, 정말 기쁘다. 내일 가나?"

"응. 아버지가 서울에 작은 방을 구해 놓았대. 작은 가게를 시작할 거라고 했어. 그리고 돈을 모으면 이곳으로 이사를 오고 싶대. 아버지가!"

"아버지, 너거 아버지가?"

"응. 땀을 흘리고 싶으시대. 외삼촌이랑 함께 농사를 짓겠대. '그럼 지금부터라도 시작하시지 그래요.' 하고 외삼촌이 이야기했더니……."

"뭐라셔?"

"아버지 힘으로 땅을 사서 들어오겠대."

"언제쯤일까?"

"나도 몰라. 나도 부모님을 열심히 도울 거야."

은숙은 호기가 준 홍시 두 개를 보물처럼 들고 돌마당을 떠났다. 노을빛이 스미기 시작한 숲길을 걸어갔다.

'오늘 일기장엔 은숙이 이야기를 써야겠다. 은숙인 착한 아이였다고. 예쁘고…….'

이튿날 버스 정류장에는 은숙이 떠나는 모습을 보기 위해 많은 아이가 모여들었다. 아이들은 조그마한 선물들을 준비했다가 은숙에게 내밀었다. 외로움 속에서 사귄 시골 친구들. 아이들이 내민 것은 작고 예쁜 조약돌, 호두, 잘 말린 예쁜 열매……. 그리고 동시를 잘 쓰는 정분이는 자기가 꾸민 시집을 선물로 주었다.

버스가 부릉거렸다. 은숙이 아버지, 어머니 그리고 은숙이 차례로 버스에 올랐다.

"은숙아, 이거."

호기가 버스에 오르는 은숙에게 하얀 봉투를 내밀었다.

"뭐니, 이게?"

"난중에 봐. 잃어버리면 안 돼."

"고마워."

은숙은 뭔가 이야기하고 싶은 게 있는 모양인데 하지 못하고 버스 속으로 들어갔다.

호기가 내민 것은 반지였다. 은숙에게서 받은 반지, 그러나 이제 은숙에게는 하나도 없는 반지였다. 호기는 세 개 중에서 제일 좋아 보이는 것으로 골라 종이에 쌌다. 그리고 봉투에 넣었다. 뭔가 짧은 편지라도 써 넣고 싶었지만 아무것도 써지지가 않았다.

"야, 은숙이 울락 칸다!"

짓궂은 아이들이 소리쳤다. 버스가 움직이기 시작했다. 아이들이 손을 흔들었다. 은숙이 손을 흔들다 말고 얼굴을 감쌌다. 은숙은 울고 있었다.

은숙이 떠나고 나서 며칠 후에 학교는 잠시 문을 닫았다. 농번기 가정 실습. 홍수 때문에 농사를 그르친 곳도 있지만 그렇지 않은 곳에선 무거운 벼 이삭들이 고개를 숙였다. 아이들도 며칠씩은 집안일을 거들어야 할 만큼 들판은 눈코 뜰 새가 없었다.

호기는 오늘 기태와 감을 따기로 했다. 가정 실습은 했지만 기태네는 거두어들일 게 없었다.

'그만큼 약속했는데 우얀 일로 이리 늦노?'

감 딸 준비를 다 해 놓고 기다리는데 기태는 좀처럼 나타나지 않았다. 높은 바위에 올라가 동구 밖으로 눈길을 보내지만 기다리는 사람은 오지 않았다.

바위에 앉아 기다리는데 빵빵하며 택시가 언덕길에 올라섰다. 호기는 벌떡 일어섰다.

'우짠 일이고? 택시가 다 들어오고.'

택시는 호기 앞에서 멈추었다. 마을 사람들이 여기저기서 나왔다. 택시 문이 열리면서 젊은 남자가 나왔다. 젊은 남자는 경형이네 집으로 뛰듯이 걸어갔다. 서울에 사는 경형이 삼촌이라 했다.

호기는 장대를 들고 다래끼를 옆에 끼었다. 천천히 감나무에 오르기 시작했다. 감나무에 올라 자리를 잡으려는데 갑자기 울음소리가 저쪽에서 솟아올랐다. 경형이네 집에서 나오는 울음소리가 분명했다.

'경형이 할아버지가 돌아가셨나 보다.'

호기의 예감은 맞았다. 경형이 할아버지가 돌아가신 것이다. 울음소리는 끊이지 않고 이어졌다. 울음소리는 회오리바람처럼 마을의 모든 것들을 쓸고 갈 듯 계속되었다. 호기는 장대와 다래끼를 밑으로 던졌다. 이런 날 감을 따서는 안 될 것 같았다.

이제 마을은 곧 텅 빌 것이다.

'경형이 할아버지가 살아 계실 동안만이라도 있어야 안 되겠나?' 하시던 어른들의 이야기가 생각났다. 장례를 치르고 나면 망설임 없이 마을을 떠날 것이다.

호기는 울고 싶은 마음으로 사방을 둘러보았다. 아름답다. 할아버지 집에서 솟아오른 울음소리에도 불구하고 돌마당의 가을은 아름답게 빛나고 있었다. 바람에 흔들리는 하얀 억새와 구절초로 둘러싸인 집들이 그림처럼 아름다웠다.

'모두 떠나고 나면 빈집 마당에 과일나무를 심겠다. 그리고 꽃씨도 뿌려야지. 나마저 떠나면 이곳은 그냥 가시덤불이 되고 말 거야. 도시에서 내려왔을 때처럼 새롭게 시작하는 거다. 그게 아버지의 꿈이기도 하니까.'

눈부신 해가 동쪽 산에 떠 있었다. 호기는 천천히 감나무에서 내려올 준비를 했다. 그때 조그만 아이가 호기네 마을로 뛰어오는 게 보였다. 기태였다.

| 추천의 말 |

## 슬픔을 승화한 삶의 노래

김용희 (동시조시인 • 아동문학 평론가)

송재찬 작가가 어언간 등단 50년을 맞았습니다. 1976년 『동아일보』 신춘문예에 동화 「찬란한 믿음」이 당선되고 나서 반세기를 창작에 매달리며 숱한 불면의 밤을 지새웠을 것입니다. 그것은 1979년 첫 동화집 『민들레 섬의 나비』를 출간한 이래 이번 장편 소년소설 『빈집의 아이』에 이르기까지 한 번의 휴지기 없이 남다른 열정으로 꾸준히 역작들을 발표해 온 사실을 미루어 알 수 있는 일입니다.

그중 장편 동화 『돌아온 진돗개 백구』는 초베스트셀러로 장안의 화제가 되기도 했습니다. 그 외 주옥같은 작품집들이 많은 아동문학상을 수상하며, 그는 단연 우리나라를 대표하는 동화작가 중 한 사람으로 손꼽혀 왔습니다.

  무엇보다 그는 한결같은 마음으로 어린이를 사랑으로 가르치고 그들을 위한 동화와 소년소설 쓰기에 한평생을 바친 진정한 작가였습니다. 그가 우리 동화 문학계에 이바지한 점은 크게 두 가지로 집약됩니다. 하나는 기존 동화 문체에 혁신을 꾀하며 동화의 문학성을 확장한 일이고, 또 하나는 독자에게 널리 읽히는 작품으로 대중성을 확보한 일이었습니다.

  송재찬 작가가 걸어온 그 50년은 1970년대 산업화 시대를 거치고 2000년대 디지털 시대를 지나 오늘날 AI 시대를 경험하는 급변한 사회 문화의 변환 시기였습니다. 그 문화 변동은 우리 사회의 각 분야에 정보화 진행을 가속화하고 급속도로 생활 환경을 변화시키고 우리 어린이들의 생활 방식과 가치관을 바꾸어 놓았습니다. 시대가 변화할 때마다 그에 따른 이상적 인간상의 정립이 요구됩니다. 동화작가에게는 우리 어린이들의 자기 정체성을 일깨워 주고 내면에 지닌 꿈을 키워 주는 일이 소중한 문학적 과제였습니다. 곧 어린이 스스로 자신의 존재 의미를 깨달으며 성장해 갈 수 있도록 하는 일이었습니다. 송재찬 작가는 누구보다 그 문제를 고뇌하며 일관된 작가 의식을 보여주었습니다. 거기에는 그가 겪은 암울한 역사와 실존에 대한 진실한 이해가 있었기 때문입니다.

송재찬 작가의 고향은 제주도입니다. 그는 6·25라는 민족상잔의 비극적인 전쟁이 일어나던 무렵 태어났습니다. 그 전쟁이 일어나기 직전, 제주도에서 이미 좌우익의 극단적 대립이 빚은 비극적인 4·3 사건이 발생했습니다. 바로 송재찬 작가의 출생 비밀과 집안의 내력이 그 4·3 사건과 내밀히 얽혀 있었습니다. 그는 제주에서 교육대학을 마치고 그 섬을 떠나 내륙에서 교직 생활과 작가 활동을 하면서 한시도 제주의 유년 시절을 잊지 못했습니다. 그는 비극적 시대사에 얽힌 슬픈 출생의 비밀을 가슴 깊이 묻어 둔 채, 스스로 '노래하며 우는 새'가 되어 동화를 써 왔습니다. 마치 바다를 떠나 풀숲에 버려진 「찬란한 믿음」의 '빈 소라껍데기'가 꿈을 찾아가듯, 혹은 새로운 환경에 적응하지 못하고 죽은 부모를 생각하며 스스로 꿈을 키워 나가는 『빈집의 아이』의 '호기'처럼 꿋꿋하게 작가의 길을 걸어왔습니다.

그래서 송새찬 작가는 작품마다 사회 밑바닥에서 암울하게 살아가는 이들에게 따뜻한 애정을 내보이며 삶의 희망을 불어넣어 주고자 했습니다. 그것은 그가 등단작 「찬란한 믿음」에서부터 일관되게 보여준 문학적 진정성이었습니다. 그는 꿈을 잃고 방황하는 이들에게 "세상에 쓸모없는 게 하나도 없어요. 보잘것없는 풀 한 포기가 배고픈 양을 살릴 수도 있어요."(「찬란한 믿음」) 하며 북돋아 주곤 했습니다. 그것은 '노래하며 우는 새'에 대한 위안이자 슬픈 우리의 현대사가 낳은 자기 자신과 이웃에 대한 깊은 애정의 발로였습니다.

그런 의미에서 송재찬 작가의 등단 50년은 자신의 정체성과 존재 의미를 찾고자 고뇌한 삶의 여정이라 할 수 있습니다. 그는 '노래하며 우는 새'의 진실한 목소리로 어린이들에게 우리의 아픈 시대 현실을 들려주며 이해시키고 정체성을 일깨우며 그들 내면의 꿈을 키워주고자 했던 것입니다. 그만큼 그는 우리 민족의 슬픔을 동화와 소년소설로 정화하며 승화시켜 내었습니다. 곧 그의 작품들은 슬픔을 승화한 삶의 노래였습니다. 그 작품마다 우리 시대의 아픔을 이야기하면서도 그 속에서 사랑을 찾아내려는 작가의 강렬한 열망과 진정성이 깃들어 있는 까닭입니다.

이오앤북스 아동 청소년문학 02

# 빈집의 아이

| | |
|---|---|
| 초판발행 | 2025년 9월 20일 |
| 지은이 | 송재찬 |
| 발행인 | 임영진 |
| 책임편집 | 김원섭 |
| 펴낸곳 | 이오앤북스 |
| 출판등록 | 제 2023-000037호 |
| 주　소 | [13487] 경기도 성남시 분당구 판교역로 192번길 16 판교타워 8층 806호 D438 |
| 대표전화 | 070-8919-8387　　팩 스　031-601-6333 |
| 이메일 | eonbooks@naver.com |
| 홈페이지 | www.eonbooks.co.kr |
| 블로그 | blog.naver.com/eonbooks |
| 인스타 | @eonbooks |

ⓒ 송재찬 저작권법에 의하여 한국 내에서 보호 받는 저작물이므로 무단 전재와 무단 복제를 금합니다.
* 이 책의 내용 일부 또는 전부를 재사용하려면 반드시 저작권자와 이오앤북스 양측의 동의를 얻어야 합니다.

ISBN 979-11-988379-6-7 (44810)
ISBN 979-11-982203-7-0 (세트)